TIME

時空犯

CRIMINALS

胡杰——著

現在與過去，或許都存在於未來；而未來則包含在過去裡。

-T. S. Eliot

目次

【各界名家推薦】

橫跨兩岸的追兇行動，一段懸宕八十年的歷史謎團，兇手處心積慮就想破壞「華人相對論雙年會」的舉行，更不想讓「時光機器」得以順利問世，能夠打破時空限制的「時光機器」是整個謎團的關鍵，讓我們跟著書中偵探一同解開歷史謎團及逮捕滿懷惡意的《時空犯》。

——**秀霖**（推理作家／近作《桃花源之謎》）

科學普及的路為何遙遠？因為科學知識實在很難寫得吸引。無論如何寫，亦難比說故事的小說更加引人入勝。然而，我驚喜地發現，這艱難的任務被胡杰以推理小說《時空犯》漂亮地示範了。

一本好的推理小說，就如《時空犯》一般教人捨不得把書放下。即使暫停閱讀，腦袋仍會不停運轉，渴望找出謎底。而《時空犯》卻比這境界更上層樓。胡杰以「時間旅行」貫穿整個故事，把愛因斯坦的相對論滲透於情節當中。讀者在推理的過程中，就會有意識或無意識地跟據相對論去思考時間旅行的意義。這可謂是小說界的「植入式科普」，即使為熟悉相對論筆者，也不其然跟隨了胡杰的指引去思考、推理。我誠意推薦《時空犯》。

——**余海峯博士**（香港大學理學院助理講師／瑞典皇家理工學院天體粒子物理研究員）

劇情緊湊有趣，跟一般常見的推理小說相比更多了些新意。故事前後呼應，真相更是讓人意想不到！是本結合穿越時空的科幻元素及正統解謎推理，形成複合題材的佳作。

——歐小幻（人氣Cosplayer）

一株交織善惡而成的因果樹。

凡以時光之河的順逆來做為題材的故事，總不能脫出「因」與「果」的交織，一旦這素材被忽略，則時光順逆也就失去意義；但問題是，同樣栽植一株會有無數善惡因果不停錯綜的時光之樹，能鋪排衍生成什麼樣的風景，則有賴作者的構想巧思，而顯然《時空犯》的作者胡杰，是一位優秀的好園丁。

基於一個死忠的推理小說愛好者立場，難免會有許多見獵心喜的時候，而推理小說就是一種「你不寫就不知道它為何難寫」的類型，而這諸多「難寫」，恰好也正是這故事特別值得你留意的地方（別擔心，我會盡量不爆雷）。

一椿牽涉到時空旅行的故事，勢必需要在漫長的歷史長河中，擷取數個不同的時間點，以便作者進行情節鋪排，包含故事角色因回憶追溯所需而出現的時空場景，諸如被設定為「因」的一九三七年的南京、導致諸多的「果」的今時今日之台北，乃至於其他各個「截點」，緣此而生的人物刻畫、場景敘述，以及氛圍掌握等等，這些都不是欠缺功力的作者所能駕馭的（不信你去看那些……為了避免得罪人，以下省略）。

此外，閱讀華人的推理作品，我們向來心懷忐忑，總難免在不知不覺間要拿來與許多經典的歐美或日本推理相比較，其中特別讓人擔憂的，莫過於作者對於故事中的「人性」能否掌握得宜，畢竟，這是推理，而推理往往得有死傷（就像你看到一集不死人的柯南就會想轉台一樣），而死傷總有原因（這不需要舉例了吧？），然而《時空犯》最讓人驚呼之處，就在於作者將這元素處理得非常漂亮，一個故事看完，你會出現的不是單純的「將兇手繩之以法的正義獲勝」之喜，而是更為喟然的深深惆悵，因為它並不只想與你爭辨善惡，這故事帶給你的，姑且不論時空旅行究竟能否成真，它揭櫫了一件非常重要，且我們都應該在看完這本書後，闔起來稍微想幾分鐘的議題：此時你以為的善因，是否真能結成後日的善果？而此刻你所遭際的或悲或喜，又焉知不是曾幾何時你並不經意的一次舉手投足所導致？

再強調一次，推理小說很難寫，但總有華人推理是成功達標的，《時空犯》會列入其中；同時也提醒一次，看完《時空犯》，你應該也可以跟我一樣，忍不住想就自己無論長短，已經走過的半生歲月，好好檢視一下或許有些你從不以為意，但其實早在若干時日前卻已種下的一棵樹，那棵樹名叫「因果」。

因為再說下去就真的要爆雷了，所以就此打住（誰想看一個一天到晚看推理小說但自己卻沒出版過推理小說的作者一直囉嗦不是？），請趕快開始品嚐這部作品吧，我等不及讓你跳坑了！

——東燁（人氣網路作家）

台北（之一）

1

「關於『時空旅行』這件事情，你有什麼看法？」

「……什麼？」

孫元泰將全副心神都放在沿著蜿蜒的山徑操控方向盤、油門與煞車上頭了，以致沒細聽到莊大猷在輕聲問些什麼。

副駕駛座上的莊大猷調整姿勢，讓瘦削的自己坐得更挺些，並換了一種問法。

「阿泰，你相信『時空旅行』這件事情嗎？或者你預期，『時空旅行』這件事情最終有可能成真嗎？」

每過一處顛簸路段，他灰黑色相參的前梳髮型便被震得又塌又亂。

孫元泰聳聳肩說：「不太可能成真吧。」

「所以，你果然還是『時空旅行』的否定論者嘛。不過，我可是打從心底深處，堅信有『時空旅行』這件事情。」

「什麼？」

「『時空旅行』絕對是可能成真的。」

孫元泰「噗嗤」一笑。

「你是在說真的，還是假的？」
「你覺得我像是在搞笑嗎？」
「看你正經八百說話的樣子，不像；但聽你說話的內容，很像。」
「為什麼？」
「沒辦法，因為『時空旅行』實在是太荒謬了。」
講著講著，有好幾台沒在後照鏡出現過的重機忽然從孫元泰的五門掀背式休旅車後壓過對向車道呼嘯而去，令他心驚肉跳。
「怎麼個荒謬法？你說說。」
「『時空旅行』是什麼？無非就是可以回到過去的時間，以及提前躍入未來的時間，對吧？」
「對，請繼續。」
孫元泰忽然頓了頓，語帶警戒：「等等，你是不是有什麼陰謀啊？」
莊大猷鄭重道：「絕對不是！我是很認真地想聽取老同學對『時空旅行』的看法，你不要多疑了。」
苗栗縣的三河國民小學，是孫元泰與莊大猷近四十年前從那邊一同畢業的母校。
「不是就好。」孫元泰笑了笑，拍拍莊大猷的臂膀：「言歸正傳。所謂的『時空旅行』，指的是一種能夠回到過去時間以及躍入未來時間的旅行方式。我有說錯的話，請你指正。」
「OK。」
「但是問題來了：『時間』並不是一個可以讓人看得到或摸得到的『場所』，如何能夠『回到』或是『躍入』呢？」

「……嗯嗯。」莊大猷看起來有話要說，但隱忍不發。

「以回到過去的時間來說好了。過去的時間就已經過去了，要怎麼『回到』呢？」孫元泰低頭俯看戴在他左腕的石英錶：「譬如，我們是在兩點三分左右時從你家出發的，對不對？」

「我上你車時沒看錶，你說對就對吧。」

「現在的時間，是兩點四十三分。試問，我們要如何『回到』兩點三分時呢？就算是模仿影片倒轉中的人物，我們兩個倒車下山回到你家門口好了，到那時候的時間也可能是三點三十分或是三十一分、三十二分，而不會跟著倒回到兩點三分，不是嗎？如果像科幻小說或電影的情節那樣，我們不是模仿影片倒轉，而是透過某種機器裝置從兩點四十三分的『現在』消失，然後再出現在兩點三分的『過去』呢？這也說不通。」

「為什麼說不通？」

「我剛說過了，『時間』並不是一個『場所』。就算是好了，『兩點三分』這個過去的時間也是一個已經過去了、消失了而不復存在的場所。既然不復存在，如何回得去？「再拿躍入未來的時間來說。『未來』就是『還沒有來』，『未來的時間』就是一個『還沒有來而不存在的時間』。同樣地，既然不存在，如何躍入？」孫元泰滔滔不絕：「退一步講，假設我們真的躍入未來了，那中間被超越的那些時間去哪裡了？不見了，還是被快轉了？有被我們經歷過，還是沒有？這些……」

莊大猷揚手打斷莊大猷的話。

「阿泰，你知道愛因斯坦吧？」

「當然知道，這點常識我還有；更何況他那麼有名。」

「你剛才洋洋灑灑地否定『時空旅行』的可能性。但人家愛因斯坦早在一九零五年的時候，還在

『清光緒』年間的時候，就持完全相反的論點了。」

「那他是如何解決我剛才提出的兩個荒謬點的？」

「解決的方式就是：時間不是絕對的，而是相對的。」

「慢著。小莊，你準備要開始對我上『相對論』課了嗎？」

「我會儘量使用淺顯的語言，幫助你融會貫通。首先，什麼叫做『現在』？這個問題，其實並沒有標準答案。」

「沒有標準答案？」

「容我引述英國物理學家Paul Davis在他的《How to Build a Time Machine》一書中曾舉過的例子：假設你現在所處的地方是下午六點，那麼在相同時刻的世界另一頭，正在發生著什麼事情？」

「正在發生著什麼事情？」

孫元泰聽了，一個頭兩個大。

「Paul Davis在書中寫道：能夠稱得上是『現在』的範圍，會隨著兩地語音、電波或光等訊號傳遞的距離增加而增加。因此對任何地方的任何人而言，沒有單一相同的當下現刻，也就是沒有宇宙共通的『現在』。」

「小莊，你不是說會儘量使用淺顯的語言嗎？為什麼我有聽沒有懂？」

「在體會了時間的相對性之後，其次讓我來告訴你要如何躍入未來：關鍵就在於運動的速度。」

「運動的速度？時間，跟速度有關？」

莊大猷點頭說：

「當我們像這樣坐在奔馳的車輛中時，時間，會過得比較慢。」

「什麼意思啊？」

「應該說，我們所經歷的時間會比較短。假設，有一個人在我們坐車上山、下山的期間，一直待在我家不動好了，那麼他所經歷的實際時間，會比坐車的我們所經歷的實際時間長；他的實際時間過得比較快，而我們的實際時間過得比較慢。」

「有這種事？為什麼？」

「因為，我們運動的速度比他快。但是，由於車速再快也快不到哪裡去，尤其有你這種一直被人家超車的駕駛，所以我們和他的時間差距，可說微不足道。」

「不要以為我聽不出來，你拐著彎在損我……」

「如果，我們乘坐的不是你所駕駛的休旅車，甚至不是任何機動車輛，而是近乎每秒三十萬公里的光速的太空船，那麼我們和他的時間差距，就相當顯著了。如果太空船的速度達到光速的九成九，我們的時間則會慢上七倍；原本一分鐘的時間，會減少為八點五秒。阿泰，你有聽過『雙生子理論』嗎？」

「『雙生子理論』？聽好像是聽過，但……」

「如果將一對雙生子拆散，弟弟留在地球，而哥哥乘坐速度近乎光速的太空船飛往十光年之外的某星球，一抵達後半秒鐘也不耽擱，立刻馬不停蹄飛返地球。那麼我問你，在地球上的弟弟需要經歷多少時間，才能與哥哥重逢？」

「……多少時間？多少時間？這要看太空船的速度有多快吧？」

「講過了，近乎光速。」莊大猷提示道：「而某星球是在地球的十光年之外。」

「這個……我算不出來。」

莊大猷拍了一下副駕駛座前的置物櫃，吆喝道：「你怎麼那麼笨啊？答案都在題目裡了，還算不出來？」

「我……」

「國小學過的加法都不會？十加十，等於二十年啊。哥哥乘坐的太空船從地球飛往某星球的時間是十年，從某星球飛返地球的時間也是十年，不是十年加十年等於二十年嗎？」

「等等，恕我魯鈍。為什麼從地球飛往某星球的時間是十年，而從某星球飛返地球的時間也是十年呢？你這是怎麼算出來的？」

「你的物理底子實在是……」莊大猷還是留了點口德：「因為某星球在十光年之外啊！『光年』是一種測量距離的單位。一光年，就是『光』走一年所能抵達的距離；十光年，就是『光』走十年所能抵達的距離。」「既然太空船的速度近乎光速，那麼『光』抵達某個距離所耗費的時間，自然也就是太空船抵達同個距離所耗費的時間了。你懂了嗎？」

「口氣好兇呀。還好，我不是你的學生。」

「我再問你，當與弟弟重逢時，哥哥在太空船裡經歷了多少時間？」

「你不是說……二十年嗎？」

「那是弟弟經歷的時間！天呀，真想把你給『死當』掉……」

「哥哥在太空船裡經歷的時間，與弟弟在地球上經歷的時間不同嗎？」

「就說運動的速度愈快，時間會過得愈慢、經歷的時間會愈短了！」

「所以，哥哥在太空船裡所經歷的時間，比弟弟在地球上經歷的二十年來得短？」

「唉，你總算說出句人話了。答案是：還不到三年。因此當他們兄弟重逢的時候，太空船裡的哥哥只老了約三歲，而在地球上的弟弟卻老了二十歲。於是，透過乘坐近乎光速的太空船這種途徑，哥哥不就提前躍入弟弟十七年後的未來了嗎？這不就解決你提出的『無法躍入未來』的第二個荒謬點了嗎？」

「那麼，『無法回到過去』的第一個荒謬點呢？」

「如果只光用嘴巴說，要解決這個荒謬點也很容易。想要回到過去，就將運動的速度提升到超過光速即可。不過，實際的操作層面卻是困難重重。」莊大猷的氣焰收斂許多：「對目前的物理學家來講，超過光速還是一個力有未逮的課題，不論是要尋找能超過光速的物質，或是要在實驗裡複製這種現象……」

「你們物理學家畢竟也只是人，而不是神啊。」

「除了超過光速之外，還有許多方法可以回到過去。像我的研究，就是利用……」

「等會兒！小莊，『你的研究』？你說『你的研究』？」

「怎麼了嗎？」

「所以你不務正業，在研發時光機器？」

「什麼話？我是堂堂美國加州理工學院，Caltech的物理博士、正教授，研發時光機器有什麼不務正業了？」

孫元泰方向盤一偏，將休旅車暫時停靠在路邊怠速，然後拿出手機滑著。

「我記得你輸入在個人網頁中的『研究領域』，跟『時空旅行』完全是風馬牛不相及啊。喔，我找到了、找到了。你看，你這邊輸入的是『金屬薄膜及有機薄膜的電子結構』、『低能量電子顯微鏡』什麼的……」

莊大猷像趕蒼蠅一樣，將孫元泰遞過來的手機隔空揮開。

「你自己看看，那網頁上次更新的日期是什麼時候？」

「十……十年前……」

「那些什麼『薄膜』來、『薄膜』去的研究領域，早就已經是昨日黃花了！麻煩你與時俱進，查一查我們的系網頁好嗎？」

「我查過了。那上面都是物理學的專業英文；在我眼底，就像是天書一樣霧裡看花。」

「難為你啦。反正，我目前是藉由黑洞與黑洞間的warmhole，中文翻作『蟲洞』或是『蠹孔』，來研發時光機器。整套時光機器的構造如下：第一，一個能將原子核加速並相互碰撞出高能量的collider；第二，將高能量聚焦在小範圍的imploder；第三，利用反重力加大蟲洞出入口的inflator；第四，建立蟲洞兩端時間差距的的differentiator。不過，我不知道collider、imploder、inflator與differentiator這四個名詞恰當的中文翻譯是什麼……」

「沒關係、沒關係，你不用翻給我聽……」

孫元泰腳踩煞車，將自動排檔推入D檔後，再換踩油門。

2

莊大猷是在昨天，十二月十一日晚間九點多鐘，才搭機返抵國門的。

數日前，他就先寄了一封電子郵件給孫元泰，捎來久違後的音訊，表明自己為了一個大型的學術會議，難得將飛回台灣一趟，並待上一個星期之久。

期盼與阿泰你的重逢，更期待這次能好好敘舊敘個夠！

莊大猷在信的結語處這麼寫道。

好好敘舊敘個夠……

的確，去國將近三十年，他只在二十年前與十年前，分別回台過一次。二十年前那次回來，是為了料理他母親的後事；十年前那次回來，是為了料理他父親的後事。兩次都是匆匆來、匆匆去，無暇他顧，與孫元泰這位老同學都只有在出殯時簡短打聲招呼的份。

今年夏天，繼莊大猷的父母後，借住在他老家裡的姑姑也壽終正寢了。這次因為有姑姑住溫哥華的小孩回來奔喪，莊大猷索性就省下了返台的機票錢。就這樣，雙親先後辭世、自己又沒有兄弟姊妹的他，在台灣已經沒有任何親戚了。因此昨晚開著休旅車到桃園機場負責接機的，也是孫元泰。

昨晚入境的班機數很滿；等待乘客通關的時間，也特別漫長。

當穿舊夾克的莊大猷痀瘻著背、推著行李推車現身在入境大廳時，他的頭髮比起十年前更少更白、眼袋比起十年前更厚，臉頰也比起十年前更為鬆弛了。

會催人老的不僅是無情的歲月，還有終日埋首案牘的學術研究工作。孫元泰知道，莊大猷目前保有一個他人難以望其項背的記錄，那就是在Science與Nature這種第一流科學期刊上發表過的論文篇數，雄踞全體華人學者中的首位。

還獲頒過好多孫元泰聞所未聞的物理獎項。這是莊大猷付出多少犧牲，包括愛情、婚姻與家庭後，所換得的成就。因此，像他這種國際知名的物理學家如果在兢兢業業的同時，還能享有光鮮凍齡的外表，那才是天大的奇蹟了。

與其擁抱奇蹟，孫元泰寧可張開雙臂，擁抱在行李推車後蒼老但笑容滿面的莊大猷。

「哇，阿泰。我說，你抱我也抱得太緊了吧……」

在前往機場停車場的路上，孫元泰勸莊大猷道：「小莊呀，你姑姑走後，你那個老家荒廢了半年，也沒好好大掃除過一番。裡面有沒有水、有沒有電，甚至還能不能住人都不知道。你要不要考慮，到我那邊去待個幾晚啊？」

「謝謝你的好意。不過，你的房子買在台北；而我的老家就在桃園。比起你家，還是從機場回我家便利得多。」

當金牛座的固執發作時，誰也拿他沒轍。上車後，孫元泰只好在導航系統的「目的地」欄，輸入莊大猷老家的地址。

「阿泰，有你的。」莊大猷一邊扣上副駕駛座的安全帶，一邊讚許：「竟然換了這麼大的一台車？」

「我人胖嘛。車買太小的話，身體塞不進去。」

「可不是嗎？」莊大猷也不跟老同學客套：「我記得，你從小就是這麼胖。當我這個班長每學期在幫老師登記健康檢查結果的時候，你永遠是全班噸位最重的那個。在體育課的田徑項目中，不管是測驗跑步，還是跳高、跳遠的成績時，你好像很少不殿後的……」

「喂，不要再提我的傷心往事啦！」

「你有一陣子還胖到像座山一樣。不要說同學了，連學校的老師都推不動你呢。」

「……你說的應該是，我們國小四年級的時候吧？」孫元泰回想道：「應該……有七十公斤重吧？」

接著，莊大猷獨自緘默了一會兒後，才徐徐說道：「那一次，那一次我也不知道自己是從哪裡生出來的力氣，才能把你給拉住的。不過，我從小就具備堅忍的意志力；對於想要做的事情，向來矢志不渝。」莊大猷說：「或許能讓你從虎口餘生的，就是我這股非凡的韌性吧？」

就是在國小四年級孫元泰最胖的時候，上學期，跟他此刻來接機時一樣的年底，十二月份。

放學後，在操場集合時才整齊排好路隊的學童們一走出校門口，遠離了師長的視線範圍後，便如脫繮野馬般一群接一群地脫隊，爭先恐後各奔東西。

孫元泰與莊大猷也不例外。他們偕同幾位家住得較近的同學肩負書包，沿著長長的馬路邊嬉笑打鬧。有的人撿拾小小的碎石頭互扔互砸；有的人則蹲在水溝邊，拔野草或野花來玩。

西斜的夕陽，將他們映在地面的浮躁身影拖得老長。

走著走著，臨近市區的文具店時，另一位叫做黃維賓的同班同學走向孫元泰，挑釁道：「孫元泰！我們來比，看誰先衝到文具店！」

時至今日，除了有雙又大又凸的眼睛外，孫元泰已然記不清黃維賓的長相了。

那陣子，包括苗栗在內的國小男童們都在風靡一種叫做「書卡畫冊」的新玩意兒，就是收集一張一張設有特定編號的書卡，然後貼在一本大大的畫冊之中。印在書卡上的不是漫畫與卡通裡的超人，就是可變形的機器人照片。

做父母與師長的再怎麼嗤之以鼻，男同學們還是樂此不疲。

市區裡那家又小又擠的文具店，就是孫元泰與男同學們搜購各式書卡的大本營。由於那家文具店的貨源有限，手腳慢一點的同學，往往就會與目標失之交臂而「抱憾終生」。

因此，黃維賓向孫元泰下的戰帖不僅僅是面子之爭，更是關乎誰的畫冊能夠先被集滿圖卡的存亡之鬥！而素來肢體笨拙的黃維賓，會挑上孫元泰當對手也是有原因的。

柿子，得揀軟的吃；有孫元泰墊底，比賽才能無往不利。要是換了別人，即使是對運動也不怎麼拿手的莊大猷，黃維賓也一點勝算都沒有。

然而，一頭熱的孫元泰並沒有這樣的自覺。

「好，衝！」

「衝……」

於是，黃維賓與孫元泰一前一後，往馬路對面的文具店狂奔而去。果然，黃維賓的一大步，只夠孫元泰跑一小步；兩人的身距，逐漸擴大。

孫元泰汗如雨下。突然，他被硬生生止住了去勢。不明究理的他一回頭，原來，是他背上的書包被人給拉住了。

從後面拉住他的不是別人，正是莊大猷。只見個頭也不高的莊大猷咬緊牙關、雙手使出吃奶的力氣，將「像山一樣重」的孫元泰往回拉。

「你……你幹什麼呀？放開我……」

「笨蛋！馬路很危險的，快回來！」

正當他們在路邊拉扯之際，只聽見「碰」地一記巨響，以及刺耳的磨地煞車聲。

一台公共汽車在馬路中間停了下來。

車頭前的不遠處，縮著一團小小的東西。當孫元泰還沒意會出那是什麼東西時，其他同學的尖叫聲已在他身後響徹起來：

「……是黃維賓！」

「黃維賓被公車撞倒了！」

「……救命啊！快來救人呀！」

孫元泰的臉都被嚇白了。他先是僵在原地動彈不得，接著抽抽噎噎、開始嚎啕大哭，彷彿被公車撞到的人是他一樣。

由於失血過多，最後，黃維賓的性命並沒有被搶救回來。

幾乎每一位三河國小的師生都參加了他的告別式。可能是怕被狠狠責罰吧，孫元泰並沒有把自己從鬼門關前撿回一條命的前因後果如實向師長與父母稟告。事實上，錯也不在他；因為提議衝到文具店的人，是黃維賓自己。

一朝被蛇咬、十年怕草繩。在那之後，有好長一段時間孫元泰都繞道而行，不敢走近那家文具店一步。當時他畫冊裡闕如的書卡，最終也一直沒有被集滿過。

而莊大猷呢，則好像他在馬路邊拉住孫元泰的英勇事蹟從來沒發生過一樣，再也絕口不提。他不提，孫元泰也就失去了正式道謝的契機。

從國小、國中、高中到大學畢業，再到莊大猷役畢後赴美唸書、求職、移民定居，心照不宣的兩人彼此封口了四十餘年，直到接機的這晚，才打破了這個禁忌。

「我還以為，你已經淡忘了這件事呢。」

孫元泰小聲地說。莊大猷沉著嗓，道：「這麼深刻的體驗，怎麼可能忘得了呢？其實，當時我根本沒有看到駛來的那台公共汽車，只是一心一意想把你從馬路中間拉回來而已。沒想到才下一秒鐘，就發生了那樣的憾事……」莊大猷表白道。

孫元泰前思後想，問起莊大猷：「小莊，你會不會有點懊悔，當時沒能連黃維賓的命也一起救回來？」

莊大猷直視擋風玻璃外的雙眼目不轉睛：「懊悔也於事無補了。他一下子衝那麼快，我哪拉得到他呢？幸好你跑得比較慢，我才能及時搆到你的書包……」

原來，體育成績殿後，也是會有福報的。

當車開到莊大猷的老家樓下時，「謝謝」這兩個字到了孫元泰嘴邊，還是欠缺臨門一腳。孫元泰親自下車，在狹窄的巷弄裡，幫莊大猷將行李從後車廂搬下來。

「謝謝。」

結果，先把這兩個字說出口的反而是莊大猷。

「別客氣……」

「對啦，你明天早上有課嗎？」

「明天早上？我沒課。」孫元泰說：「下午才有課。」

「有空的話，明天早上能不能幫我一個忙？」

「你只管開口吧。」

「我想去一個地方。但我在台灣沒有車可以開，你可以載我一程嗎？」

「那還有什麼問題？你難得回來……」

今天早上九點鐘，孫元泰準時開車重回莊大猷的老家。

孫元泰按完公寓一樓的門鈴，等不到一分鐘，莊大猷就三步併作兩步地下樓來了。他換上了一件純白色的Polo衫、黑色的薄外套與長褲，但頭上沒梳理過的髮型，看起來還是亂糟糟地。

他上車後，孫元泰問了句：「還習慣嗎？」

「習慣。自己的老家，有什麼不習慣的？」

雖然嘴上這麼逞強，但莊大猷其實是到了唸國中一年級的時候，才跟著雙親從苗栗搬到桃園來的。高中三年與大學四年，他都在台北外宿；碩士與博士學位，他也是在美國唸的；更別提他近三十年來，只返台過兩次了。要說他有多「習慣」桃園的這個「老家」，孫元泰實在是不敢苟同。

「你可以告訴我，你想去的目的地了嗎？」

「我想去掃我爸媽的墓。」

在莊大猷的指引下，孫元泰開著休旅車穿過桃園市區，到葬儀社買了鮮花與水果後，再進入郊區的產業道路。

再往前開，就是彎來彎去似乎不著盡頭的山徑。遠眺天空，一片灰濛濛地，還飄著細雨。想想，孫元泰已經很久沒有在這種有坡度的長途路段上駕車了。

正當他聚精會神於前方的路況時，副駕駛座上的莊大猷突然沒頭沒腦地冒出一句話來：

「關於『時空旅行』這件事情，你有什麼看法？」

「……什麼？」

「阿泰，你相信『時空旅行』這件事情嗎？或者你預期，『時空旅行』這件事情最終有可能成真嗎？」

3

孫元泰花了足足近一個小時，才從山下開到莊大猷的目的地。

那是一座在山坡上佔地大片、既建有靈骨塔也建有土葬區的高級墓園。莊大猷先到墓園門口的辦公處，將積欠的管理費用繳清，並多預付了未來好幾年的款項。

再買了些有的沒的紙錢用品後，便拎著鮮花與水果到土葬區去。

孫元泰本想在土葬區外迴避，但莊大猷堅持說，沒有那個必要。於是，兩人便並肩站在莊大猷雙親合葬的幕穴前，佈置好鮮花與水果，一同點香弔祭亡者。

莊大猷閉上雙眼，口中唸唸有詞。

雨過天清，陣陣蕭瑟的涼風拂面。在墓穴前方，雕了一對小石獅子。

「這對小石獅子是裝飾用的吧？」孫元泰問莊大猷：「怎麼不雕大一點，好顯得更氣派呢？」

莊大猷拿起小石獅子旁的打火機，答道：「除了裝飾以外，如果將點火的紙錢用品從張開的獅嘴塞入，那麼小石獅子就成為我們專用的『金爐』了。」

「哦？原來，還有這個妙處啊……」

莊大猷蹲了下去，以打火機點火後，往一邊的獅嘴靜靜塞入燒給土地公的金紙，再往另一邊的獅嘴靜靜塞入燒給他雙親的銀紙、元寶與美鈔等等。

由於是既非清明節也非過年前後的冷門時段，所以放眼整個土葬區，並沒有他們以外的掃墓者在。

燒完後，莊大猷直起膝蓋站了起來。

孫元泰以為大功告成，可以動身下山了，熟料莊大猷神情肅穆，對孫元泰囁嚅道：

「抱歉，我……還得再去另一區。」

「還有墓要掃啊？」

「是我祖母的骨灰罈。你還記得她嗎？」

「你的祖母？」

「是呀。記得嗎？」

「……記得、記得，怎麼不記得？」

孫元泰口是心非。

「不過，這次阿泰你不用跟著了。」莊大猷說：「先回車上去等我吧。」

語畢，他就收起水果，移步往靈骨塔的方向走去。

孫元泰折返停車場，坐回休旅車內的駕駛座後，將駕駛座旁的車窗整扇開啟。

這一開啟，閉鎖在他潛意識內的童年記憶，也同步回復了。

想起來啦……

印象中，他並沒有親眼見過莊大猷的祖母，只知道整個小學時代，同住在莊大猷家裡的除了雙親之外，還有他那位祖母。

但是……

有可能是因為健康情況欠佳的緣故，他的祖母成天足不出戶；也從來沒有聽他提過，任何有關祖母在外上街、購物或出遊的隻字片語。

不，還不只是足不出戶。

就連孫元泰去莊大猷家裡玩的時候，莊大猷的祖母都一直關在她自己的房間裡面，連頭都不曾探出來一次過。要不是老婦人身上那種特有的氣味從房門口淡淡地飄散出來，孫元泰根本感受不到，屋簷下還有另一個人在。

不過，他倒是有隔著房門板，親耳聽過莊大猷祖母那略帶江浙口音的沙啞講話聲。

大猷、大猷……

除了對孫子聲聲呼喚之外，其他的話她鄉音太重，孫元泰一概沒聽明白。

數年以後孫元泰才輾轉得知，莊大猷那位祖母在莊家搬去桃園的第三年春天，就因心臟宿疾病發而去世了。

莊家未發訃聞，所以孫元泰沒能去送老太太最後一程。

這麼多年來，從沒聽莊大猷再提起過他的祖母一句，孫元泰也就自然把這位長輩的事情，拋到九霄雲外去了。

原來……

回國第二天上午就順道來掃墓的莊大猷慎終追遠，還是有將自己的祖母當一回事的。

不過，在美國工作行程滿檔的他，下一次重回這裡掃墓的時間，恐怕不是再十年、二十年後，就是遙遙無期了……

孫元泰傷感地想，餘生，還能有幾個十年、二十年呢？

正當他放低椅背想打個盹時，莊大猷拎著水果從辦公處門口緩緩步出的痀瘻身形，便映入孫元泰的眼簾了。

4

在下山的路上，也許是已經掃了墓、還了願也了了心事，副駕駛座上的莊大猷看來神采奕奕，人也又活潑了起來。

「我這次回來，是因為接到『華人相對論雙年會』的邀請。」

他自己打開了話匣子。

「『華人相對論雙年會』？」

「這是我們『華人相對論學會』每兩年一度的盛事。」

「是喔？」

孫元泰還是第一次聽過這個學會的頭銜。

「顧名思義，『華人相對論學會』的會員是來自世界各地、以愛因斯坦的相對論為研究基礎的華人科學家，各個都是菁英中的菁英。」莊大猷侃侃而談：「多虧本屆的雙年會是由台灣的北華大學物理學系主辦，要不然，我現在就應該不會坐在你的休旅車裡，而會繼續待在我加州理工學院的實驗室裡了。」

「感謝北華！那麼，你們那個雙年會是從什麼時候開始舉行呢？今天？明天？」

「從後天，十二月十四日起，一連三天。」

「連辦三天喔？會場的地點是在？」

「北華大學的台北校區內。」

「在台北喔？所以，你等於是提前回來台灣囉？不容易，還提前了三天呢。真不像你的作風……」

「我提前這麼多天回來，是有原因的。」

「願聞其詳。」

「一方面，我可以先來掃個墓，並且與你這位唯一還有在聯絡的老同學敘敘舊。」

「算你還有點良心。」

「拜託！你知道像我這種等級的學者，這次回來除了雙年會的主辦單位北華大學物理學系之外，還有多少學校的物理系老師爭相要來機場接我的機嗎？」莊大猷屈指算道：「為了騰出與你敘舊的時間，我可是心一橫，把他們全都給推掉了呢。」

他說的，孫元泰心裡也有數。

以莊大猷的學術地位而言，同行爭相接機的這番話，絕非是他在自吹自擂；而他珍視同學故誼而標榜的有情有義，也並未口惠不實。

多年來再忙，他都一直與孫元泰聯絡不輟就是明證。不過……

「小莊，你還記得我們上一次有過時間比較長的對話，是要追溯到什麼時候了嗎？」

「對話？視訊算嗎？」

「那當然不算啦！我說的是『面對面』的。」

「『面對面』啊？我離開台灣之後，你從來沒有來美國找過我，所以一定是在我回來台灣的時候了……」

「你這是在怪我沒去找你嗎？」

「我想一想是什麼時候……」

「你好好地想一想。」

「應該是……我爸爸走的時候，十年前？」

「請注意，我說的是時間『比較長』的對話；比較『長』、比較『長』。」孫元泰說：「那一次你爸爸走的時候，我只有機會在告別式上對你說了句『請節哀』，而你對我應了句『謝謝』。你覺得，那樣的對話有比較長嗎？」

「是沒有。」莊大猷理虧：「二十年前，我媽走的時候呢？」

「一樣是『請節哀』、『謝謝』；一樣也長不到哪裡去呀。」
「是嗎？該不會是要追溯到我服完兵役、預備出國唸書的前夕吧？」
「可不是嗎？就是那個時候。」
「快三十年前嗎？天呀，一晃眼，時間過得真快……」
「你才知道。一晃眼，你也老了、我也老了。」
「話又說回來。另一方面，我這次提前回來還有一個目的，是想要見一個人……」
孫元泰的嘴角露出詭異的笑容。「哦？被我套出來了……」
「什麼套出來了？」
「清心寡慾、宛如現代柳下惠的加州理工大學教授莊大猷，臨老還是不能免俗，誤入了花叢……」
「什麼柳下惠？什麼花不花叢的？你在說什麼啊？」
「……嘿嘿，恭喜呀。」
「恭什麼喜呀？」
「你不是……終於交了女朋友了嗎？」
「呿！我哪來的女朋友啊？」
「你這次提前回來，不是想要見你的女朋友嗎？」
「女朋友？等你介紹吧。」
「我自己都沒有的東西，要怎麼介紹給你呀？」
「阿泰，你誤會了，不是什麼女朋友啦。」莊大猷澄清：「我想要見的，是一位同行。」
「你想要見的，是一位物理學家？」

「正是。」

「……女性的物理學家？現代版的居禮夫人？」

「最好是啦。你怎麼滿腦子邪念？我看，你才是臨老誤入花叢了吧？」

「你不要跟我說，你想見的物理學家是男的喔？」

「當然是男的囉。」

孫元泰好生失望：「既然是要見男人，那有什麼值得你提前回來的呢？」

「別這麼說。在我們學界，他可是很有兩把刷子的一號人物呢！」

「那又如何呢？」

「你應該也知道，在Nature與Science期刊上發表過最多論文的華人科學家就是在下敝人我。」莊大猷說：「而排第二多的華人科學家，你知道是誰嗎？就是我想要見的這位仁兄。」

「是嗎？」孫元泰懶洋洋地說。

「事實上，他也只比我少發表一篇論文而已。說穿了，我們倆的實力不相上下，彼此互在伯仲之間。」

「你們一個是周瑜，一個是諸葛亮就對了。」

「而且呀，我們的研究領域高度重疊，都是以相對論為基礎研發時光機器，以證明時空旅行的可能性。」

「捧他捧了半天，你其實是把他當作你的假想敵吧？」

莊大猷搖搖頭：「才沒有咧。與我研究領域重疊的同行那麼多，每個都『敵』來『敵』去的，那還有完沒完啊？」

「他貴姓大名啊？」

「他姓葛，名叫葛衛東。」

「葛衛東？這名字政治味好重啊。他該不會……」

「你猜得沒錯，他就是從海峽對岸的北京清華大學來的學者。」

「我就知道……」

「他和我一樣，也接到了『華人相對論雙年會』的邀請。」莊大猷說：「由於是首度造訪台灣，所以他會比雙年會的開幕式還早幾天抵達，以便多塞進一些行程。」

「沒來過啊，那真難能可貴。你們以前曾打過照面嗎？」

「陰錯陽差，never。」

「所以，你提前回來的第二個原因，就是要跟這位華人相對論學界的『二把手』會上一會？」

「不錯。」莊大猷點頭：「不過你喊人家『二把手』，可能會有點失禮。因為他跟我這位一把手相差的也不過是一隻手指頭的間距，不，可能連一隻手指頭都還不到呢……」

「你跟他約好見面的時間了嗎？」

「約好了，就是今天。」莊大猷說：「他就住在台北的艾德華豪舍飯店。我現在坐你的便車去台北，找個地方消磨到下午五點多左右，再過去飯店找他。」

「沒問題。」

孫元泰承諾完，右肩頭就被莊大猷拍了拍。

「不一起吃個晚飯嗎？」

「跟你？還有他？」

「我們三個人一起啊。」

孫元泰斟酌了一下後，婉謝道：「你們是同行，比較有話聊，我就不去插花了。」

「幹麼見外？晚上一起用餐的話，你跟我也可以順便再敘敘舊呀，免得你老嫌我們面對面的對話時間不夠長……」

「小莊，你忘了嗎？我下午有課啊。」

「你的課上到幾點？」

「就到五點。」

「無所謂。你下課後就過來，我們等你。」

「實不相瞞，今天晚上，我得參加我們系上教職員的聚餐呢。」

莊大猷一針見血地問道：「那是有趣的聚餐，還是無聊的聚餐？」

「實不相瞞，是後者。」孫元泰承認：「聚餐的名目，是要歡送即將退休離職的同事。而那位同事，是個相當惹人厭的老傢伙……」

「那你就編個理由缺席，然後改來我們這邊嘛。」

孫元泰面有難色。「因為有人情的壓力，雖然我不願意，但還是不能不去。」

「那這樣。你那邊的聚餐結束後，再繞過來艾德華豪舍飯店找我們。」

「要我趕攤？」

「這不就兩全其美了嗎？」

「不好吧？等我的聚餐結束後，應該也已經很晚了。你要在飯店打擾人家那麼久嗎？」

「別操心。我們這一行啊，只要彼此一談起研究的東西，就很容易殺時間的啦。」

「所以，多我一個ＯＫ嗎？」

「當然ＯＫ！」

「那位葛衛東會不會不高興？」

「管他的。就這麼決定了，你就別再囉嗦啦。我們今晚不見不散！」

5

一如所料，整場歡送會上，都是主角的個人秀。

老教授不斷重申溫哥華的生活品質有多麼多麼地好、台北的生活品質有多麼多麼地糟，而他攜家帶眷移民加拿大的抉擇，有多麼多麼地睿智。

「加拿大是天堂、而台灣是地獄，兩者有如天壤之別，根本不在同一個水平線上。」

還不忘酸一酸付錢請客的其他同事：「我解脫在即，就先上天堂一步了。還在地獄的諸位，就多認份、多擔待點吧……」

令人聽了為之氣結。

吃到七點多鐘，孫元泰就從席間先行告退，駕著他的休旅車，前往位於台北市精華地段的艾德華豪舍飯店。

由於是兩個月前才開幕的新飯店，絡繹不絕的嚐鮮客，讓孫元泰的休旅車在飯店地下停車場的入口前，排了約十分鐘的隊。

駛入停車場後也是一位難求。他繞了大半圈，才順利停好車。

一走進時尚風十足的一樓大廳，他就掏出手機，傳了一封臉書的私訊給莊大猷。

我到飯店了。你們在哪裡？

站在色彩飽和的裝潢前左等右等，莊大猷才傳來回音。

我們在二樓的中餐廳。

你如果在一樓的話，就直接走樓梯上來吧；這裡的電梯很難等、很難等。

不但停車位要排，電梯也很難等。

一向視爬樓為畏途的孫元泰也不能不妥協了。他從飯店的櫃檯人員那邊問到樓梯的位置，然後以「走一步、歇一下」、「走一步、歇一下」的龜速，朝上一個樓層踽踽而行。

到了二樓，他已然氣喘吁吁。

走進中餐廳的門口時，裡面竟座無虛席。如果不是靠服務人員帶位，他根本不可能獨力捕捉到莊大猷的蹤影。

莊大猷正在角落邊一個四人座的桌位內高談闊論。

一見孫元泰前來，莊大猷便笑容滿面；而坐他對面的中年男人，自然就是那位葛衛東了。

「累、累慘我啦……」

與其說是坐下，不如說孫元泰是在莊大猷旁邊的位子上一屁股倒下。

「你是從幾樓爬上來的？」

莊大猷問孫元泰道。

「……樓下。」

「一樓嗎？才爬一層樓，就把你累成這樣呀？缺乏運動的後遺症，還真是害人不淺呢。」

「別、別說教啦……」

待孫元泰喘完，莊大猷便向葛衛東居中介紹。

「這位養尊處優的胖『彌勒佛』，就是我的小學同學，『國立』，喔，不。」莊大猷看看葛衛東後，會心一笑：「至正大學中文學系的孫元泰教授。」

葛衛東伸出手來，問候道：「孫教授，你好你好……」

「葛教授你好，歡迎來台灣。」

兩人握完手後，孫元泰便仔細打量起對方來。

葛衛東的膚色黝黑，與一般學界的人相較，別有股粗獷的氣息。可能是因為用眼過度的關係，他那一大一小的雙目，在室內的燈光下拼命眨個不停。

他頂著一頭與莊大猷一樣的亂髮。

上身黑白格紋襯衫的兩邊領口，被翻成一正一反地；下身穿一件沒繫上皮帶的黑色長褲。不修邊幅的作風，也與莊大猷十分類似。

巧合的是，在座的三位學者，臉上都沒有配戴近視眼鏡。

「阿泰，你吃飽了沒？要不要再點些什麼？」

孫元泰一看，桌上共有四盤剩菜殘餚，一盤雞肉、一盤素的、一盤是炒蛋類，還有一盤麻婆豆腐。

「吃飽了、吃飽了……」

他知道莊大猷會買單，所以並不想揩老同學的油。

「真的吃飽了嗎？不要餓肚子喔。特別你是餓不得的，我曉得。」

「真的吃飽了。」

這時，葛衛東啟齒道：「既然孫教授吃飽了，那我們便轉移陣地吧。」

「轉移陣地？」
「孫教授來之前，莊教授提議，吃完飯後，咱們再去一樓的酒吧坐坐。」
雖然用的是北方口語中的「咱們」，但還是被耳尖的孫元泰聽出葛衛東話裡的江浙腔。
「一樓？」
孫元泰訝然道。他才辛辛苦苦地爬上樓來，屁股都還沒坐熱，就又要下樓去了？
他的心事，莊大猷一猜即中：「誰叫你愛面子不肯點菜？否則就可以多休息一會兒了。走、走、走！多動，對你只有好處，沒有壞處……」
在酒吧的吧台前，孫元泰被莊大猷刻意安排，坐在莊大猷與葛衛東中間的高腳位子。
「葛教授想喝點什麼？」
莊大猷伸著脖子問葛衛東。
「我呀，很想嚐嚐你們台灣，不，金門有名的高粱酒。」
什麼？這不就像在西餐廳裡，點中式合菜一樣荒誕嗎？
孫元泰心裡直嘀咕，但莊大猷顯然不以為意。
「我問問看。」莊大猷向吧台後的酒保招了招手：「你們有金門高粱嗎？」
他問的時候，孫元泰覺得丟臉極了，恨不得能找個地洞鑽進去。
「有的。」
不愧是五星級飯店的酒保，回答得神色自若，一點也不會讓客人下不了台。哪怕是再白目的客人……
「有58度的嗎？」

「有的。不過，要請您稍等……」

「等就等，我們有的是時間。」

莊大猷說。

畢竟葛衛東遠來是客，被冷落在一旁就不好了。孫元泰忙找話聊：「葛教授府上哪裡呀？」

「我府上呀？」

「是啊，葛教授您是哪兒人呢？」

「我嘛，是江蘇人。」葛衛東說：「不過，有一點點那麼複雜，因為我的父親是鎮江人，鎮江在長江以南；而我的母親是宿遷人，宿遷在長江以北。所以我可以說是江北人與江南人的結晶。」

「喔喔。」

祖籍山東的孫元泰，對江北、江南差異的感受，並不是那麼敏銳。

「據說到我祖父母的那一代，還存有江北人與江南人互不通婚的成見。如果一位江南姑娘要嫁給江北的小伙子，江南姑娘的娘家會說：『江北佬？什麼人不好嫁，嫁給江北佬？』」

「是嗎？」

「不過，從我父母這一代開始，就沒那麼多隔閡了；現在全中國跨省的聯姻，多的是、多的是。」

「葛教授和夫人也是跨省聯姻嗎？」

「我？」葛衛東笑笑：「說來慚愧，我還沒成家呢。」

「喔，對不起、對不起……」

孫元泰鬧了笑話，再一次想找個地洞鑽進去。

葛衛東揮揮手，道：「我沒成家，孫教授你對不起什麼呢？不干你的事。」

「其實，我也沒結婚。」
「你也沒結婚?莊教授也是單身，所以，咱們三個都是光棍了？」
「是啊，咱們三個同病相憐，都是光棍。」
不知道這會不會讓葛衛東感到好過些?
「孫教授多大歲數啦？」
「我嗎？」孫元泰說：「明年我就五十了。」
「莊教授與孫教授是同學，對吧?所以他也是明年就五十了？」
「是的。」
「咱們年紀差不相上下;我只比你們大上一歲。」
「所以，我們都是同一個世代的人了？」
「都是同一個世代的人。」
葛衛東點頭如搗蒜道。

6

酒保將58度的高粱酒送來後，葛衛東率先淺嚐了一小口。
「怎麼樣？」莊大猷問道：「跟你們那兒的『酒鬼』酒比起來，如何？」
酒力讓葛衛東糾結著眉宇，說：「各有千秋。」
「各有千秋？」莊大猷哼了哼：「葛教授，看你好像不是很滿意的樣子。來，把這杯乾了。」
「一口氣乾了？」

「怕什麼？我陪你一塊兒乾啊？」

孫元泰插話道：「小莊，這高粱酒後座力很強。一口氣乾，可能會出事的。」

「呿！那就分兩口乾，可以了吧？阿泰，你不要跑！你也有份！」

「我也有份？我也要分兩口乾嗎？」

孫元泰問。莊大猷豪氣干雲：「你若要一口氣乾，也行。」

「別逗了。」葛衛東打圓場道：「還是讓孫教授比照辦理，也分兩口乾吧。」

「好。」

講完，莊大猷一仰頭，將半杯高粱黃湯灌下肚。

「阿泰，輪到你了。」

依樣畫葫蘆後，孫元泰的胃有如被熊熊烈火焚燒般難受。當下他的感想是：幸好沒一口氣乾完，否則待會兒自己非掛了不可。

等到葛衛東也喝完他的半杯高粱後，眉宇間似乎糾結得更厲害了。

「怎麼樣？葛教授？」

「嗯。」葛衛東點頭：「莊教授，這半杯高粱的量，就讓我感覺跟『酒鬼』有得比了。」

「哈哈，我就跟你說吧。等領教完剩下的半杯，你就知道『酒鬼』有多不夠看了。來，乾了！」

「相逢即是有緣。乾！」

三位學者愈喝愈是起勁。在酒精的推波助瀾下，他們也愈來愈健談。

孫元泰抿抿嘴後，先問葛衛東道：「葛教授這次是搭哪一天的班機來的呢？」

「你問我抵達台灣的時間嗎？十二月……十日，我前天下午就到了。」

「所以，已經待兩夜了？」

「待兩夜了。」

「您是怎麼來這飯店的呢？坐計程車？客運？還是飯店的接駁車？」

「都不是。」葛衛東說：「是有人接我來的。」

「葛教授的粉絲嗎？」

「不，我哪來的粉絲啊？是你們台灣北華大學物理學系的兩位老師，兩位助理……教授，開著車子到機場接我來的。」

「所以有人去接機就對了？」

「北華大學物理學系是這次雙年會的主辦單位嘛。他們安排得挺好、挺好……」

「葛教授在台灣住得還習慣嗎？」

葛衛東乾笑道：「這個……我在台灣也就只住了兩夜而已嘛。還習慣、還習慣……」

「這幾天有出去飯店，四處逛逛嗎？」

「有出去，但還談不上是『四處』；其餘的時間，我就待在飯店裡頭。」

「明天有什麼計畫嗎？」

「明天一整天，我有學校的拜會行程。」葛衛東查查手機，說：「是叫做這個……晴川大學。」

「那明天有得忙了。」

「是呀。」

「葛教授，這飯店內的設施，應該還不錯吧？」

「還不錯、還不錯。」葛衛東說：「吃得也不錯，住得……也不錯。」

「這可是五星級的高檔飯店喔。」
「像我今天下午還有去頂樓，你們叫做『無邊際』的溫水游泳池裡游了個泳，又去健身房跑跑步、練練肌肉，挺好的……」
「託葛教授你的福，我還是第一次來這間飯店開洋葷呢。」
「哦？是嗎？孫教授平常沒來過？」
「我一個人，平常沒事就窩在家裡面，實在沒必要來這種地方，浪費錢。」
孫元泰苦笑。
「孫教授住台北嗎？」
「我住台北。」
「離這飯店近嗎？」
「……有一段距離。」
「跟莊教授住的近嗎？」
「那更有一段距離了。」孫元泰用手比了比：「這裡是台北，而他住在機場附近的桃園呢。」
「桃園在台北的下面，對吧？」
「對的。」
「莊教授住機場附近呀？那他要出國，可方便了。」
「就是因為太方便了，所以他一出去就樂不思蜀，壓根兒不想回來啦。這次也是託葛教授你的福，他才會提前幾天……」
莊大猷接口道：「阿泰，別詆毀我，暗中講我壞話喔。」

「我沒有『暗中』，而是『光明正大』地講你的壞話。」
「阿泰，你不要這樣帶壞葛教授喔。葛教授他也是『搞』時光機器，是我們這一國的，你曉得嗎？」
「我曉得啊。」
「但是，他跟我是不同派的；我是少林派，而他是武當派。」
葛衛東起鬨道：
「莊教授，你怎麼不說我是少林派，而你是武當派呢？」
「哈哈，葛教授你那麼愛當和尚，就讓你當吧！」
「Damn！我中計了。哈哈！」
「阿泰。」莊大猷再問回孫元泰道：「你可曾聽過UConn的Ronald Mallett教授的大名？」
孫元泰搖搖頭：
「他是中文系的教授嗎？」
「哈哈哈，愛說笑！他是Penn State的物理博士，怎麼可能是中文系的教授呢？」
葛衛東也發出「咯咯」的笑聲，附和莊大猷。
孫元泰粗著脖子回擊：「既然他是你們那個領域的人，那我怎麼可能聽過他的大名呢？你這不是明知故問嗎？」
「Ronald Mallett教授，可以說是葛教授在研究上的啟蒙者。」莊大猷再轉向葛衛東坐的方位，問道：「葛教授，我說的對不對？」
葛衛東輕拍了拍吧台，說：「莊教授，在我們的學界，這是人盡皆知的事嘛。」
「阿泰，我所研發的時光機器，是利用黑洞旋轉時產生的巨大重力，以產生所需的時差。」莊大猷又對孫元泰上起課來：「而Mallett教授在教書前，曾經在企業界服務了一段時間，接觸過一種能發出強烈而連續循環的狹窄光束的環形雷射儀器。他認為那種狹窄光束所形成的重力效應，可以類比為黑洞旋轉時產生的巨大重力。」

「有這回事啊？」

莊大猷繼續說：「Mallett教授以數學計算的結果證明，環形光束所形成的重力場，確可造成物質旋轉時的座標系拖曳，也就是空間的扭曲。而空間的扭曲，也會與時間的扭曲有關。」

「為什麼呢？」

「因為愛因斯坦在他的廣義相對論中指出，在一個能夠扭曲空間的重力場中，也會像運動的物體一樣，有時間變慢的現象。」莊大猷說：「於是，Mallett教授藉著圓柱面循環光束的裝置，製造出一個時間的封閉循環。而那個時間的封閉循環，就是葛教授研發時光機器的基礎。」

「一點也沒錯。」葛衛東像唱雙簧一樣，與莊大猷一搭一唱：「不過，Mallett教授的裝置還存在多項懸而未決的問題。我的工作，或是說我的使命，就是將那些問題一一排解掉，讓時光機器的裝置變得更具操作性與可行性。這麼說吧，Mallett教授建立了時光機器的雛形；而我只是在他的努力成果上敲敲打打、修修補補罷了。」

比起一般對岸來的學者，葛衛東似乎多了股細膩的謙沖。

Mallett教授的裝置還存在多項懸而未決的問題……

孫元泰本想向葛衛東細究那些問題的。考量到自己的物理程度不足，還是作罷了。

與其細究那些問題，他乾脆直搗黃龍：「那麼葛教授，那些懸而未決的問題，您排解得如何了？」

葛衛東又舉起酒杯，喝了一口高粱。

「比起『未來』的時間，我個人對已消逝的『過去』的時間，更加憧憬。」他糾結著眉宇回道：「倘若以這個標準來看，的確有一些主要的問題，對我來說已經不復在了。」

「了不起。」孫元泰轉向紅通著臉的莊大猷說：「小莊，你呢？」

「我？」

「你的那個什麼蟲洞與蟲洞之間的什麼時光機器，四個英文字組成的時光機器，又打造得如何了呢？」

莊大猷聽罷，也不多言。他低垂著厚厚的眼皮，猛灌起悶酒來。

「怎麼？小莊，不順嗎？」

莊大猷回答時，視線並未向孫元泰與葛衛東這邊投射過來。

「阿泰，雖然我和葛教授都是不涉及實作的理論物理學家，但如果以時光機器裝置的scale來比喻，我呢，就像是開jeep的玩家；而葛教授呢，就像是騎scooter的高手。」他的回答不帶任何情感：「你覺得，是開吉普車的難度高呢？還是騎速克達的難度高呢？」

「這……」

「我並沒有標準答案。即使是速克達，也未必就比吉普車容易駕馭，你不要從我的問題中亂嗅出什麼火藥味來，沒有的事。」

「是嗎？」

「我只是要『教育』你：我和葛教授駕馭的是不同的機具。既然是不同的機具，面臨的困難就不同，處境也不一樣，你不可以放在同一個水平、或同一個研發時程上一概而論，懂嗎？」

懂嗎？

莊大猷把姿態拉得頗高。

一方面是他酒喝多了；另一方面，也是被重重踩到了地雷所致。

誰教這位加州理工學院的物理教授有一顆不容別人挑戰的至高自尊心呢？不要說是冷嘲熱諷了，哪怕是對他的能耐有一絲一毫的存疑，他都禁受不起。

絕對是以牙還牙、以眼還眼……

相交迄今，孫元泰已經不小心領受過好幾回了；這一回的火力，還不是最讓他難堪的呢。

孫元泰自我安慰道。塞翁失馬，焉知非福。這段小插曲，也讓他的酒醒了不少。

只聽得莊大猷正在向葛衛東「教喻」他的健康之道：「你喝得這麼兇，回房後，一定要好好地躺在枕頭上養精蓄銳。正確的睡姿，對我們這種年紀的人來說，再重要不過了……」

南京（之一）

1

一九三七年，十二月。

當身披著厚大衣的田百壽在黃昏下行色匆匆，從德商西門子公司的員工宿舍徒步至集合地的雙層洋房時，只見那台全黑色的德式座車停在洋房大門口的階梯前，而未見洋房與座車主人的蹤跡。站在座車外的司機雙手插進褲袋裡。一看到田百壽走近，便將雙手抽了出來。

「田先生，早，不，午安……」

雖然已有數面之緣，但田百壽還是記不起對方的姓名。他向洋房上下瞄了一眼後，問道：

「艾拉培先生還沒有出來嗎？」

「還沒有呢……」

司機說。

「他還好吧？應該……還撐得住吧？」

明眼人都看得出，為了因應連日來時局的變故，艾拉培先生的工作量不斷爆增，已然忙碌到不可開交而身心俱疲。

再加上他的妻小全不在身邊，少了親情的支柱作後盾，即使流著以堅韌著稱的日耳曼血液，也不免讓人操煩他的安危。

「這個我可不敢說。」司機答道：「不過，他的確是有變瘦了些……」

「他一直有血糖方面的問題，要是一個人在屋裡暈倒了的話……」

「什麼糖？」

「就是……」田百壽遲疑片刻後，決定不對沒唸過什麼書的司機在「糖尿病」的術語上多費唇舌：「算啦，沒什麼。」

「艾拉培先生喜歡吃糖嗎？雖然，我是沒看過啦……」

此時，洋房的大門內「乒乓」之聲四起。

大門被打開後，從裡面走出來一位頭戴圓禮帽、著西服的中年洋人。他的鼻樑上掛著一副渾圓鏡框的近視眼鏡，上唇蓄鬍。

田百壽立時改用德語，對來者打起招呼：「Guten Tag，艾拉培先生。」

「Guten Tag，田。」

雖然在中國已經住了三十年，但艾拉培先生的中文程度，仍有待加強。

就連與尋常百姓來場普通的會話，像是最淺顯的「你好」、「冷嗎」、「吃飯了沒」之類的問候，他都有點力不從心。正因為如此，田百壽才能以自身精通德語的專長，在西門子的上海分公司內覓得翻譯一職。

並在這種特殊的時局裡到南京支援，貼身在艾拉培先生的左右，襄助一臂之力。

身兼南京「國際安全區」主席的艾拉培先生除了必須與高層打交道外，深入民間與群眾互動的需求，也比他過去在中國的任何一段時期都來得高。凡是在那樣的場合裡，他絕少不得居間溝通的田百壽。

就像今天下午，他無預警地派人將田百壽從西門子公司的員工宿舍裡，急急召喚過來一樣。

2

三個人都上車後，司機一發動引擎，艾拉培先生就對同坐在後座的田百壽釋放善意。

「田，『艾拉培』這三個字是我為了給不懂德語的中國人方便，而為他們起的中文姓名。」他脫下圓禮帽，露出光禿禿的頭說：「既然你的德語那麼流利，無妨就直接以我的德文姓氏『Rabe』，來稱呼我吧。」

「『Rabe』先生嗎？可是……」田百壽看了看前座的司機，說：「沒關係，我還是稱呼您為艾拉培先生吧。」

「你比較偏愛這個中文名字？」

「不。但這個中文名字，能讓我的同胞們都聽得懂。」田百壽又看了看前座的司機：「這樣，才能一視同仁。」

「……說得也是。」艾拉培先生點頭：「不過，如果你改變主意，想改稱回我為『Rabe』先生的話，我隨時歡迎。」

「Danke schön。」

田百壽說。這句話在德語中，是「非常謝謝」的意思。

「我好像一直都沒問過你，你是怎麼學會德語的？」

「這……」

「你是不是在還很小的時候，就去過我的祖國了？」

「Nein。」田百壽答：「這說來話長。雖然我誕生在一個你們西方人所謂的『中產階級』的家庭裡，但是我童年時並沒有放過洋。」

「田，你是南京人嗎？」

「我不是南京人，而是崑山人。」

「崑山？那是在……？」

「崑山與南京都在中國的江蘇省內。就像艾拉培先生您昔日住過的北京與天津這兩個城市，都在中國的河北省內一樣。」

「……我懂了。」

「我父親在崑山的一所私立小學當英文教師。所以在所有的外語中，我最早學會的其實是英語，而非德語。」田百壽說：「我在省立上海中學讀高中的時候，課堂上所用的代數、歷史與地理課本，甚至全都是以英文寫成的呢。」

「Impressive。」

艾拉培先生也露了一手英語。

田百壽繼續自述道：「高中畢業後，我考上上海交通大學，修習電機工程。毋庸贅言，電機工程可以說是像我們西門子這樣的公司在產品的研製過程中，必備的專業知識。」

「你說得沒有錯。」

「但在大學四年裡我漸漸發現，比起應用的層面，我其實對物理的理論層面更感興趣。於是讀完大學後，我便隻身前往德國柏林的洪堡大學，Humboldt-Universität zu Berlin，研習物理。」

「所以你的德語，就是在柏林打下的基礎了。」

「Ja。我在洪堡大學的歲月如魚得水，每天充實而快樂得無以復加，尤其是還讀到了愛因斯坦這位物理學家的相對論。艾拉培先生知道愛因斯坦嗎？」

「唔……」

見艾拉培先生未置可否，田百壽只好繼續唱獨角戲：「愛因斯坦改寫了英國物理學家牛頓的時空觀。他認為，時間不是絕對的，而是相對的。」

「相對的？」

「扼要地說，就像我們中國的現在時刻，與德國等西方國家的現在時刻有落差一樣。」

「這就是愛因斯坦的理論嗎？」

「這還只是皮毛而已；他的『廣義』相對論，更是教人匪夷所思。」

「十分艱深難懂嗎？」

「倒也不盡然。但這項理論，開拓了我們人類回到過去時間的可能性……」

「回到過去？」

「對。從現在，回到過去的時間。」

「這……」

「艾拉培先生，您想想看，一旦我們能回到人生過去的時間裡，修補曾經犯下的錯誤，那不是妙不可言嗎？」

艾拉培先生訕笑了出來。

「田，我看過那本書……」

「愛因斯坦的廣義相對論？」

「不，是H. G. Wells所寫的那本《The Time Machine》。」艾拉培先生說：「雖然書中主角到的是未來，而不是過去……」

「……不是論文，而是小說呀？」

「哈、哈，回到過去？那位愛因斯坦是不是讀《The Time Machine》讀了太多遍，以致走火入魔了啊？」

「……」

「不過，如果真能回到過去，那也很不錯。」

「艾拉培先生也有懷古之情？」

「因為在中國，任何過去時刻的情勢，都比現今的南京要來得美好。」

艾拉培先生百感交集道。此話，教每一位還住在南京的中國人與西方人都無法再同意了。

「是呀。」田百壽又將話題兜回：「然而，由於罹患了重症肺炎，我只好從洪堡大學輟學，回國養病。」

「還真倒楣啊。」

「數年後，雖然撿回了一命，但也讓我與我想穿越時空的物理夢失之交臂。人生繞了一圈，現在還是回到與我大學所學有關的本業，西門子公司任職……」眼見艾拉培先生愈聽愈心不在焉，田百壽只好問道：「艾拉培先生，您這一次召喚我來，可不是又有什麼突發的狀況了？」

艾拉培先生斂容屏氣，回道：「……是的。」

「是哪邊又出事了？」

「……金陵女子文理學院。」艾拉培先生說：「是魏特琳女士那邊出事了。」

「華群女士？她怎麼了？」

與艾拉培先生的國籍不同。被他喊作「魏特琳女士」的華群女士，是美國人。「華群」是她的中文名字。她本姓Vautrin，是從美國來的傳教士。南京淪陷後，一部分金陵女子文理學院的教職員與學生西撤往四川成都；另一部分走不了的教職員與學生則在她這位代理院長的主持下，繼續留守在校園之內。

艾拉培先生搖頭道：「田，你也知道那些軍人。出事的並不是魏特琳女士本人，而是她們學校的學生。」

「金陵女子文理學院的學生？oh mein Gott！」田百壽以德語在車內喊出「我的天呀」。

他的家人都住在上海的外國租界內，性命無虞；而他本身是與敵軍同盟的德國西門子公司的員工，公司南京辦事處經理艾拉培先生的首席翻譯，敵軍不看僧面也得看佛面，故也動不了他。

雖然自保有餘，但他還是能夠想像得出，在那些無辜的女學生身上發生了何等劫難。

艾拉培先生一臉戚容道：「剛才你們在屋外等我的時候，我正在寫信。」

「您是寫給……？」

「我們英明的元首。」

「英明的元首？您是寫給……希特勒總理？」

即使是不太看國外新聞的田百壽，這位人物的大名也如雷貫耳。自上台後，這位人物在歐洲相當活躍，已經吹皺了好幾池春水。

「是的。我在信中，已經把這個月來南京慘絕人寰的實況，向他一五一十地稟報了。我相信，元首在讀了我的信後，絕對不會無動於衷的。」

如果德國能因此出面，對中國當然是好事一樁。

「艾拉培先生，您認為希特勒總理會慈悲為懷而居中斡旋，讓南京城的百姓從水深火熱之中得救嗎？」

艾拉培先生攢緊了拳頭，斷言道：「我有十足的把握，他會的。」

物理學家的札記（之一）

A

對我來說，搭飛機時最幸福的事，莫過於能在無意識的睡眠狀態中，度過大部分的航程。就像我這一趟的飛行一樣。從出發地在靠窗的機位上坐定、並繫上安全帶之後，我就開始閉目養神，完全不理會前座椅背的屏幕上所播放的安全逃生影片。

那種老生常談的內容，我已經看過不下數百遍，背都背得出來了。反正生死有命、富貴在天，當空難的大禍臨頭時，躲得過的就是躲得過、躲不過的就是躲不過。安全逃生影片看再多遍，都無濟於事。

這麼想的同時，我漸漸在機位上失去知覺，腦袋也愈來愈空。日復一日繁重的研究與教學工作既加快了我的入眠速度，也改善了我的睡眠品質。一覺醒來時，飛機就已經進入台灣的領空了。

說來悲哀，張開眼睛後的第一個意念竟不是我那關於時空旅行的研究，也不是我已故多年的雙親，甚至不是我最親愛的祖母，而是「十二月十一日下午四點半」這個時刻。

十二月十一日下午四點半。這是我和責方，預定當面交貨的時刻。數日下來，這個時刻已經像安全逃生影片的內容般，深深烙印在我的腦海裡頭，連作夢時都會夢到。我向上推開窗戶的遮陽板，觀賞著機外高空中的景色。

再對照我手錶上的時間，與台灣的時間完全一致。這樣，就絕不會有時差的問題了。也就不會誤了交貨的時刻。正自鳴得意之際，從通道前方向後走來的一位女性flight attendant澆了我一頭冷水。

「先生、先生……」

「怎麼著？」

「不好意思，先生。我們要準備下降了。」她彎身對我說：「麻煩你將窗戶的遮陽板拉下，並請將椅背豎直。」

「要下降了？那麼快？」

「嗯……那可能是因為先生您全程好像都在補眠的關係。其實，我們已經飛行很久了。」

「飛很久啦？」

她說得對。要是飛不夠久，此刻也到不了台灣的。

我摸起肚子，問她道：「那麼，我的餐點……」

她展露一抹職業性的笑容，毫不退縮道：「我們有叫您，但叫不醒，所以就收回去了，不好意思……」

那位女flight attendant一走，我便依言將窗戶的遮陽板拉下，並將椅背豎直。

幾分鐘後，內耳平衡感的變化，告訴我飛機的高度正在逐步減低。前座椅背的屏幕上，不斷交替著出發地與台灣的現在時刻與溫度，以及簡易的飛航圖畫面。

眾flight attendants抓緊時間來向乘客收毛毯與耳機；我則沉住氣，耐心等待著。

……耳朵愈來愈疼了。

當機輪終於碰觸到機場跑道的地面時，當年祖母在病榻上那千叮囑、萬叮囑的嗓音，也同步在我的耳中揚起。

機輪的煞停聲轟隆作響。如果此刻向上推開窗戶的遮陽板，應該也可以見到翹起在機翼上的整排擾流板吧。

震動的機身在跑道上滑行的速度，愈來愈慢。

雖然解開安全帶的指示燈尚未亮起，多位乘客卻已紛紛從機位上站了起來，打開機艙上方的置物箱，拿出自己的行李。

在一片嘈雜中，我這樣回答天上的祖母：「我不會辜負您的。

「我以性命向您發誓，這一趟我定會達成任務，朝您的遺願，向前邁進一大步子……」

接著，我舉起袖口，悄悄擦拭掛在我眼角的淚水。

B

這些年來，我最放不下的，就是我的祖母。

一想到她臨終時的遺願，我的心就隱隱作痛；壓在我肩頭上的擔子，也更形沉重起來。

她與我的雙親死後，都被葬在同一處墓園裡。今天上午，我先弔祭完雙親後，便去探望久違的她。

她的遺體與雙親不同，是被火化處理的。

「為什麼、為什麼要用燒的呢？被火焚身，不是很痛苦嗎？」

當年我雖為此不捨，但作為一個嘴上無毛的中學生，也只能尊重父親的安排。猶記得，當看著祖母被裝在那麼小的一個容器裡時，我的心都碎了。

令我孰可忍、孰不可忍的還有一點：祖母的一生，似乎也隨著容器而渺小了起來，這是我始終介懷的。

然而，上午我也只能在這只不夠格承載我祖母的容器前跪下，然後恭恭敬敬地磕上三個響頭。

「我來看您了……」

幸虧周遭沒人。否則我這樣遠近馳名的物理學家行此大禮，又會被外界大做文章了。

「燒給您的金銀財寶，不曉得您都收到了沒？」

晚年的祖母特愛呼朋引伴打麻將。有的時候帶的錢輸光了，還會氣鼓氣脹地murmur不止。多送些錢在她手邊，看看會不會帶來好運，讓她在另一個世界裡多自摸個幾把？

肯定會的。

梳著包頭的祖母在容器上的照片中抿著嘴唇，眼神慈藹祥和，似乎顯得心滿意足。

我從美國第一流的Caltech拿到物理博士學位，並在母校任教多年；書教得好，研究做得更好，被國際期刊刊登的論文篇數屬一屬二，獲獎連連。這樣輝煌的成就既驕傲又榮耀，想必沒丟她的臉。

我確信，如果不是她老人家在天上保佑……

如果不是她老人家的遺願在鞭策著我，憑我一己之力，斷不可能一帆風順至此。

這麼說吧。我現有的一切，包括學識、名聲與財富，其實都是她在冥冥之中所造就成的。

較之親生的雙親，她更像是我的再造父母。

於是，我點上香，向被裝在容器裡的她深深鞠了三個躬。

台北（之二）

7

咚咚咚咚、咚咚咚咚……

什麼聲音？

……是誰啊？

在……在幹麼呀？

咚咚咚咚、咚咚咚咚……

是門、門的聲音吧……

有人在敲門啊……

敲……敲什麼敲呀？

孫元泰從睡夢中皺緊五官，以手背擦去嘴角的口水後，展開雙臂在床上伸了個懶腰。

「呃——啊——」

他勉強撐開眼皮，瞄向牆腳邊緊閉著的綠色窗簾。

人造纖維材質的窗簾表面上，透映著戶外的晨曦，不，從亮度研判，應該不是「晨」曦了。

時間不早了。他挪動龐大的身軀，抓起放在床頭的手機一看，果然，已經將近十二點鐘啦。

中午十二點鐘……

上一次睡到這種時間是什麼時候了？大學二年級升三年級的暑假？還是大一新生那一年？

他忖道。不管答案是哪一個，都是塵封三十年的往事啦。

很久沒有在床上賴到這麼晚了。要不是被敲門聲給吵醒，恐怕還會一直這麼賴下去呢。這，一定跟昨天晚上喝開了有關。

不得不說，那位葛衛東教授實在是絕佳的酒伴。

而且58度的金門高粱酒真不是蓋的。半杯下肚，足可抵三杯台啤。即使睡了一夜，孫元泰的口腔裡還殘留著烈酒的餘味。

他慶幸自己的酒品一流，喝醉了只會乖乖沉入夢鄉，既不會吵也不會鬧，哪像……

哪像現在在臥室外頭，敲門敲個不停的那位仁兄啊？

咚咚咚咚、咚咚咚咚……

臥室的木門被敲得震動不已。

門外的那位仁兄可能是嫌孫元泰睡得太久了，遲遲不出房門，所以大動作以示抗議。

可是……

睡得太久又如何？今天一整天孫元泰既沒有課要上，也沒有校內外的行程要跑，手邊更沒有進行中的研究計畫或是論文要趕……

對平日忙碌慣了的大學教師來說，能這樣好好睡上一覺是再珍貴不過了。並且像他這樣噸位愈重的人，需要的休息時數自然也愈多。

因此，今天這種「驚天動地」的morning call格外教他感冒。傳個訊息來他的手機裡，安安靜靜地，不是比較好嗎？

咚咚咚咚、咚咚咚咚……

孫元泰搔搔他平頭下的頭皮，沒有在身上的「吊嘎」與四角「阿公」內褲外添加任何衣物，就這樣走去開臥室的門。

「好了啦，起來了啦……」

門一打開，站在臥室外的莊大猷已梳整頭髮，換好一身休閒的淡藍色格紋襯衫與黑長褲。但他臉上的表情僵硬，一點也「休閒」不起來。

他朝孫元泰上下打量後，問道：「阿泰，你就穿這樣睡覺？」

「對呀。」

「不會冷嗎？」

「不行喔？我們胖子的體溫，本來就比較高啊！」

莊大猷聽出孫元泰的慍意，忙安撫道：「抱歉，這麼……早就來敲門，擾你清夢。但是，其實也已經不早了啦……」

他說話時，口中也呼著酒氣。

孫元泰哼了哼：「如果沒有你來攪局，我本來想睡到下午的。」

「下午？那、那可不行喔……」

莊大猷搖頭。孫元泰啐了一口，說：「你什麼時候變成我爸啦？連我想睡到下午都要管？」

「我也是不得已的。要不是、要不是發生了那種事情……」

「什麼事？」

莊大猷的面容苦澀，如鯁在喉。

「就是那個……那個出事了……」

「誰？誰出事了？」

莊大猷一連吞下好幾次口水。

「是葛衛東……」

「葛衛東教授？」

孫元泰驚道。莊大猷吞吞吐吐地：「今天早上九點半，他……被人發現，死在飯店的房間裡頭。」

「死了？」頓時，孫元泰的睡意與餘慍全消：「怎麼會這樣？」

昨晚大家在飯店把酒言歡時，還那麼生龍活虎的葛衛東，就這麼天人永隔，到另一個世界去了？

孫元泰簡直無法置信。造化，著實也太弄人。

「警方在他的口袋裡找到了我的名片，剛才打電話給我，我才知道這個噩耗。」或許是打擊太大，讓莊大猷的站姿有些不穩：「真的是……太令人意外了。」

「天有不測風雲吧……」

孫元泰說完，低頭不語。

「我在電話裡，略述了昨晚我們跟他碰面的經過。」莊大猷說：「來聯絡我的那位刑警一聽見你的名字，就說他認得你。」

「是嗎？那位刑警是……」

「他說他姓薛，名字叫做品勇。」

「喔，薛品勇呀。」孫元泰頻頻點頭：「沒有錯，他曾經是我學分班上的學生。」

「他還說，如果方便的話，希望我們能再回飯店一趟，釐清一些案情。」

「這不成問題。」孫元泰點頭後，又追問莊大猷道：「那麼，薛刑警在電話裡有向你提到葛衛東的死因嗎？」

「死因嘛……」

「他是中風嗎？還是什麼急症發作而突然暴斃的呢？」

莊大猷聽完，面罩寒霜。

「都不是。」他搖搖頭：「他是被人給殺死的。」

8

十分鐘後，孫元泰開車載著莊大猷，循著昨晚才走過的同一路線，往艾德華豪舍飯店的方向驅車而去。

雖是舊地重遊，但這一回他們的心情都很沉痛，與昨天晚上完全是兩個樣。車程中，他們吃著在便利商店買的三明治當中餐，誰也沒有出聲說話。

到了飯店、停好了車，他們搭電梯上一樓大廳。大廳內的房客人來人往，氣氛如常。他們在大廳一側的休憩區中，見到了坐在沙發上等候著的薛品勇刑警。

「孫老師！」穿黑色羽絨外套的薛品勇站了起來，朝往沙發走來的孫元泰揮揮手。

睽違良久，薛品勇那依舊高挑的身材、瀏海垂到眉心的直長髮型與單眼皮卻又大又有神的雙目，重新喚回了孫元泰的記憶。

那是段孫元泰剛學成歸國，沒能「無縫接軌」到理想的教職，而窩在偏鄉的野雞學校鬱鬱不得志的慘澹歲月。

他在那所學校有百分之七十到八十的時間，都耗在開會、聯繫、辦活動、招生、撰寫行政計畫與報告等庶務性工作上頭。就像所有職場的潛規則一樣，凡是沒有營養的爛差事，全都丟給他這名菜鳥去處理。

要不是後來經人介紹，在開設於警政署刑事警察局某區「犯罪打擊中心」的學分班中兼了一門課，他幾乎都快忘記自己是一位老師了。

每次上課前……

犯罪打擊中心的大隊長都會在辦公室裡泡茶款待孫元泰。大隊長的面容凜然，看似不苟言笑，招呼起年輕的孫元泰卻很熱情，往往天南地北的話題全聊過一回後，才肯放他上台講課。

「大、大隊長，再這樣下去，我們課程的進度，可能會有點來不及囉……」

懾於警察的威嚴，孫元泰從來不敢將這種話說出口。

他只能手捧茶杯、口中細嚼著切片的水果，坐在辦公室裡硬著頭皮奉陪。當時隨侍在大隊長身側為孫元泰倒茶的，就是眼前這位薛品勇刑警。

「薛刑警，別來無恙！」

「孫老師，都這麼多年了，你的身材還是沒變啊。」

握手時，薛品勇端詳著孫元泰的肚子笑道。孫元泰自嘲：「你的意思是，我年輕的時候就很胖吧。直說嘛！」

莊大猷也伸出手，與薛品勇交握：「你好，我是莊大猷。」

「你好。也是老師嘛？莊老師你好。」

薛品勇說完，他身邊有兩個戴眼鏡的男人也從沙發中站了起來。四十多歲樣的那個衝著莊大猷點頭作揖，遞出名片道：「莊教授您好您好，久仰大名。我是晴川大學物理系的助理教授，石國賢。」一頭亂髮而不修邊幅的石國賢，與莊大猷、葛衛東就像是一個模子刻出來的，再一次為「理工學者」的刻板造型背書。

「……石……國賢嗎？」莊大猷接過名片，沉吟道：「嗯，我有聽過你喔……」也不知道他是在說真的，還是在說假的。但是，這番話已讓石國賢樂不可支。

「是嗎？能……能讓莊教授聽過我的名字，實在是太榮幸了。」

「我旁邊這位，是至正大學中文系的孫元泰教授。」

莊大猷介紹後，石國賢只跟不同學術領域的孫元泰微微點了點頭，態度明顯比對莊大猷時冷淡。

「唔，莊教授，我的研究專長是……」

二十多歲樣的那個男人也向莊大猷遞出名片，但被石國賢擋下。

「不好意思。」石國賢對莊大猷解釋：「這位只是博士班的學生，見笑了。」

被老師打壓的博士生只能摸摸鼻子，收回名片。在前輩先進間強出頭的結局，並不好受。

薛品勇對孫元泰與莊大猷說明道：「這位石老師就是今天早上發現死者的人。我請他把剛才對我說過的內容，再向兩位重述一遍吧。」

緊接著，石國賢就彷彿像是被按下了什麼開關似地，開始喋喋不休：「對、對，就是我……發現的。其實，我跟葛衛東教授已經認識好多年了，二〇一五年，不，二〇一六年彼此就見過面了。那一年暑假，我們系上的幾位老師組團赴對岸，參訪了好幾間學校的物理系，其中當然也有葛教授任教的北京清華大學……」

「石老師，那次參訪我也有去。」博士生從旁打斷道：「成行的時間是二〇一七年，而不是二〇一六年喔，你早算了一年。」

「二〇一七年？是二〇一七年嗎？」

「不是二〇一六年，我很確定。不信，我打開我的手機裡的行事曆給你看……」

邊說，博士生邊將手伸向他白長褲的側邊口袋。

年輕的他大概以為，這出其不意的「逆襲」，可以為他剛剛的「名片之辱」報上一箭之仇。

但石國賢畢竟比較老江湖。他臉不紅氣不喘地視博士生遞過來的手機為空氣，掉過頭去繼續對孫元泰等人陳述：

「那一次參訪，我們都對葛教授與他的研究留下深刻的印象。所以這次聽說他要來台灣，事前就敲定好今天回訪我們學系的行程……」

明天一整天，我有學校的拜會行程……

孫元泰記得，昨晚葛衛東也曾這麼說過。

只見博士生遞出的手機依然執拗地停在他與石國賢後腦勺間的半空中，形成一幅另類的「落花有意、流水無情」相。

「回訪的時刻訂在中午十二點鐘。」石國賢的目光輪流在孫元泰與莊大猷身上轉來轉去：「考慮到車程的問題，我和葛教授約好九點半在飯店大廳這邊會合，由我開車來載他過去。」

晴川大學濱臨東北海岸。從台北市區的艾德華豪舍飯店出發，即使高速公路不塞車，也要差不多一個多鐘頭才到達得了。

「開車的人是我好不好。」

孫元泰注意到，博士生以無聲的嘴形傳達出這樣的抗議。

石國賢仍置之不理，只顧講他自己的：「我在這邊等了十分鐘、十五分鐘沒等到人，就Line給葛教授……」

「是我Line的。」

博士生吐槽。石國賢說：「半天，葛教授不讀不回。過了一會兒，我打電話到葛教授的手機，他也沒有接……」

「電話是我打的。」

博士生又吐槽。石國賢提高音量，以蓋過身旁的「雜音」：「於是我就去請櫃檯人員幫忙撥葛教授房間的分機，一樣沒有人接。

「『他說不定是去吃早餐，或是去使用飯店的設施了，健身房啦、游泳池啦什麼地。』櫃檯人員這樣回答我。我說：『不對不對，我跟他約好的，九點半。他不可能還會跑去健身、跑去游泳。』

「櫃檯人員說：『也許他忘了。』我說：『就算忘了，他也不會不接手機、Line也不讀不回吧？會不會出事了？』櫃檯人員說：『不會的、不會的，他一定是睡過頭了。』

「我出示身分後，說：『拜託拜託，我趕時間，可以給我他的房間鑰匙嗎？』櫃檯人員說：『房間的鑰匙是沒有辦法直接給你的。不過，我們可以幫你開門……』

「接著，櫃檯人員就找了一位房務人員來，由那位房務人員帶我上樓。他一開葛教授房間的門，就……」

石國賢的五官歪扭起來，單手揪緊他長袖襯衫的領口，重現著目擊葛衛東死狀時的衝擊。

「石老師，那是什麼時候的事情？」

孫元泰忽然問起石國賢。

「啥？」
「那位房務人員打開葛教授房門的時候是幾點鐘，你還記得嗎？」
「九點……九點……九點多……」
石國賢支支吾吾。高舉手機的博士生則回道：「我記得很清楚，是九點五十四分。」
「九點五十四分嗎？」孫元泰說：「那你們抵達飯店的時刻是？」
「我開得很快。八點從學校出發，九點二十五分就到大廳了。」
「只開了一個半鐘頭？那真是夠快的。所以，你們在大廳等了半小時左右？」
「對。」
「在那半小時間，你們都沒有上樓去找葛教授嗎？」
「沒有。」
「你們沒有想過，去敲他的房門試試？」
「就是想這樣做，才去找櫃檯人員的。」
「在那半小時間葛教授完全失聯，既沒接電話，也沒回Line？」
「對。」
「他今天回不會還有別的行程，有別人來找他？」
「不可能。」博士生搖頭，甩動著扁扁的瀏海：「回訪的行程是我跟他敲定的。事前我已經再三確認過，他今天一天都會在我們系上，絕對沒有別的行程。」
孫元泰索性接過博士生的手機來看了看，問道：「螢幕上面是你們系網頁的行事曆？」
「對。」

「二〇一六年……沒有參訪行程……到對岸的參訪團……的確是二〇一七年出發的沒有錯。」孫元泰將手機還給博士生：「OK，你可以收起來了。」

年輕氣盛的博士生要的，無非就是孫元泰代石國賢還的這個公道。

孫元泰此舉也讓博士生有台階下，可以有尊嚴地收回手機，而不必難堪地舉到手酸了。

這時……

「等一下！」石國賢總算轉過頭來，搔搔頭後，正眼瞧向博士生發號施令：「你先用你的手機打電話給系主任，向他報告我們這邊的情況。主任的手機號碼你有吧？不要打0933那支，要打0937那支，0937那支才是他在學校時用的手機，0933那支是他下班用的。如果他問我們什麼時候可以離開，你就跟他說還不知道，警察這邊好像還有一些事情要問我們。另外，原本下午要來頒贈榮譽學位給葛教授的校長也不用來啦，你打電話跟校長主秘那邊聯繫一下……」

9

石國賢師生被別的刑警帶開後，莊大猷清了清喉嚨，對薛品勇啟齒道：「在聽取我們昨晚的證詞之前，我有個不情之請。」

「請說。」

「葛教授他……還在他的房間裡嗎？」

「你是說他的屍體嗎？」薛品勇手拂瀏海：「是的，還留在現場，接受初步的鑑識程序中。」

莊大猷看看孫元泰，又看看薛品勇。

「我們……可以去嗎？」

「什麼？」

「可去到現場去，瞻仰莊教授……的屍體嗎？」莊大猷說：「也算是送他最後一程。」

「這個……」

「保證不會破壞現場。」

「我不是擔心這個，而是擔心現場不怎麼『好看』。看過之後，可能會在你們的心裡造成陰影。」

莊大猷搖搖手。

「我們都是成年人了；而且葛教授是朋友，不是外人，不會有什麼陰影的。」

「是嗎？」薛品勇望向孫元泰：「那麼，孫老師的意思是？」

孫元泰不假思索：「我沒問題。」

「是嗎？」

「要看任何的死亡現場，我都沒問題；況且，我也想弄清楚他是怎麼死的。」

「既然如此……」

孫元泰、莊大猷與薛品勇三人搭電梯上十三樓。

電梯門一開，整個樓層的氣氛就和一樓的大廳截然不同。走廊上儘管鋪設了深紅色的長地毯，卻還是被或是好奇張望、或是往逆向迴避的房客群踏出「砰砰砰砰」的清晰震動感。

「媽媽，有警察耶……」

「他們在幹麼呀？」

房客群中，童言童語聲此起彼落。

越過走廊邊的飲水機，全換上鞋套後，孫元泰與莊大猷就跟在薛品勇身後亦步亦趨，越過黃色的封鎖線，來到一三一四號房大敞的房門口。

「抱歉，孫老師、莊教授，最近的距離就只能讓你們站在這裡，不方便再往前了……」

孫元泰並沒有被一干警務人員與媒體記者在房內外的陣仗給嚇到。

只見葛衛東闔著雙眼直挺挺地仰躺在大床上，身上還穿著與昨晚同一件的黑白格紋襯衫與黑長褲。一隻黑皮鞋穿在他的左腳上；另一隻皮鞋則掉在床邊，側面朝上。孫元泰深吸了口氣，問道：「薛刑警，葛教授的致命傷是……？」

薛品勇走入房內，對在床邊採證的鑑識人員示了示意後，鑑識人員將葛衛東屍體的上半身朝房門的反方位翻移。

「孫老師、莊教授，看到了嗎？就在後腦……」

就在屍體後腦的中央處，有一小點亮亮的東西。莊大猷盯住屍體，將眼鏡往上推了推後問：「那是……？」

「看起來，像是一小根長形金屬的尾端。」

薛品勇答道。

「長形金屬？」莊大猷語尾的音上揚，聳聳肩說：「飯店的房間裡頭，怎麼會有這種東西啊？」

「這很難講。飯店的房間裡頭，可能有各式各樣的東西……」

孫元泰的目光移向屍體被鑑識人員翻移前後腦躺著的枕頭。在枕頭套的表面，凌亂的皺摺之中，還破了一個小洞。

他再問薛品勇：「薛刑警，知道那長形金屬是什麼嗎？」

「這個，要等屍體被運走後，才能抽取出來做進一步的檢測。」

「葛教授死亡的時間是？」

「初步研判，大約是昨晚十一點到凌晨一點左右。但確切的時刻，也是要等屍體被運走後，才能做進一步的檢測。」

「昨晚十一點到凌晨一點？」

孫、莊二人面面相覷。莊大猷心裡想的，大概跟孫元泰想的是同一句話：

那不就是我們兩個一離開飯店後沒多久的事嗎？

薛品勇在床邊蹲下時，鑑識人員對他咬起耳朵。

「怎麼了？」

孫元泰問。薛品勇凝神注視屍體的後腦，說：「……有刻字。」

「什麼？」

「在金屬尾端的那一面上，有刻了字。」

「是什麼字呢？」

鑑識人員又對薛品勇咬起耳朵。薛品勇瞇起眼睛，湊近屍體的後腦。

「字太小，用肉眼幾乎無法辨識。」他說：「同仁剛剛告訴我，刻的是一個英文字。」

「怎麼拼呢？」

靠著鑑識人員在一旁提示，薛品勇高聲唸了出來。

「M-O-N-I-Q-U-E-L……」

「M-O-N-I-Q-U-E-L？就這樣？」

「就這樣。」

「沒有了？八個字母，Moniquel？」孫元泰轉頭向莊大猷求助：「不認得；從來沒聽過這個字。」

「你英文比我強得多。這是什麼字啊？」

莊大猷露出苦瓜臉：「不認得；從來沒聽過這個字。」

孫元泰拿出手機，用線上的英漢字典查詢。

「『很抱歉，字典找不到您要的資料』。哇，Moniquel？這到底是什麼怪字啊？」

「……天曉得了。」

莊大猷又聳了聳肩。薛品勇對鑑識人員點頭示意後，鑑識人員將葛衛東屍體的上半身復位。

孫元泰將他的兩道濃眉往上挑了挑。

「所以薛刑警，葛教授的死，是因為被一小根長形金屬從後腦貫穿，這樣講對嗎？」

「孫老師，兇器是從後腦刺入，但沒有貫穿。」

「喔，那我修正我的講法，被一小根長形金屬從後腦刺入……」

「我只能說，就現場的鑑識結果是如此。但詳細的死因，還是要等到屍體被運走後，才能……」薛品勇站了起來，走回到孫、莊二人佇立的房門口：「不過，屍體並沒有什麼被移動過的跡象。所以，這裡應該是死亡的第一現場沒有錯。」

孫元泰探頭，看了看房內四處。

與雙人大床僅一牆之隔的乾濕分離式浴室，簾幕架上晾著應該是被葛教授手洗過的兩套內衣褲。靠床腳的長桌上，活頁式的飯店簡介被攤開在「餐飲」的那一頁；長桌旁的小冰箱門向外大開，冰箱內需額外付費的果汁、啤酒與運動飲料似乎原封不動，一樣也沒少……

他又看了看半掩的拉門式衣櫃，以及被打開著平放在地上、裡面給人翻得亂七八糟的旅行箱。

「葛教授有東西失竊嗎？」

「好問題。」薛品勇說：「這也要再確認後，才會知道。」

孫元泰朝正前方深色窗簾被拉上的落地窗指了指：「房內有被人入侵的跡象嗎？」

薛品勇望了落地窗一眼，發言謹慎：「就現場的狀況來看，由於窗外沒有陽台，而且這裡是十三樓，所以從窗戶入侵的機率不高。」他敲敲房門：「至於這房門鎖是完好的，並沒有被外力給破壞掉。是不是有人從房門入侵，這還得看飯店監視器錄到的畫面再說……」

莊大猷接口道：「薛刑警，這房間裡一共只有落地窗與房門這兩個出入口，對吧？」

「是的。」

「也就是說，調查結果如果沒有人從窗戶入侵、也沒有人從房門入侵的話，就會以葛教授自殺來結案囉？」

薛品勇聞言，皺了皺眉。

「要是兇嫌是熟人呢？」

「熟人？」

「或者，我只是假設而已，飯店的房務人員。如果是這兩類人犯的案，那就沒有什麼入侵不入侵的問題了。因為他們不需要大費周章，葛教授也會主動為他們開房門，讓他們進來的。」

「那倒是。」

「況且，葛教授的傷口是在後腦，兇器又刺得那麼深，因此，他自殺的機率應該不是太高。」

薛品勇的發言仍然很謹慎，用「應該不是太高」而非「為零」，不輕易把話說死。

莊大猷低垂眼皮，微微點頭。

「你這麼說，也是沒錯啦……」

「那麼，孫老師、莊教授，還有什麼想看的，或是想問的嗎？」

「還有一件事。」孫元泰對薛品勇半舉起右手：「薛刑警，葛教授昨晚跟我們提過，邀請他來台灣開會的主辦單位為了禮遇他，讓他住得舒服點，所以為他訂了這間雙人房……」

「怎麼了？」

孫元泰凝望著床上葛衛東的遺容。

「所以，他躺的這張是雙人床吧？」

「是雙人床。」薛品勇點頭後，也凝望著葛衛東的遺容：「有什麼不對嗎？」

「我們都有到外地開會，或是出遊時的住宿經驗。」與莊大猷對望後，孫元泰向薛品勇娓娓道來：「通常飯店會為每一個床位準備兩個枕頭，一個讓房客躺在頭下，另一個讓房客視其睡姿，墊在身體的其他部位下。」

「孫老師的意思是……？」

「既然這張是雙人床，照理說，床上應該會有四個枕頭。」孫元泰的眼珠在大床各處轉了轉：「可是，現在床上只有葛教授頭下的一個枕頭。另外三個去哪兒了呢？」

「另外三個枕頭去哪兒了呢？」

薛品勇覆誦後步回大床邊，戴起手套趴在床底下查看，又起身打開衣櫃的門，接著走進浴室轉了轉。

他搖搖頭：「也許房務人員一開始就忘了放，或是葛教授只需要一個枕頭，所以叫房務人員把多的枕頭收了回去……」

「薛刑警，確定另外三個枕頭都不在房內嗎？」

薛品勇又到處東翻西找地。

「都不在房內。」

「是嗎？多的枕頭不見了啊……」孫元泰將雙臂交抱在他胖嘟嘟的胸前凝思：「薛刑警，方便去向房務部確認，是不是房務人員一開始就只放了一個枕頭在這間房內呢？」

可能是見孫元泰竟對這種無關痛癢的瑣事如此認真，薛品勇失聲笑了笑，說：「孫老師，別擔心。過一會兒，我會去向房務部確認的。」

「那就麻煩你了。」

薛品勇走回房門口，問莊大猷：「莊教授這邊還有什麼想看的，或是想問我的嗎？」

「暫……暫時沒有了，謝謝你。」

莊大猷搖頭後，以無比哀戚的眼神，向房內葛衛東的屍體告別。

10

孫元泰、莊大猷與薛品勇三人搭電梯，從飯店的十三樓重返一樓。

他們坐回到一樓大廳的沙發區裡，以莊大猷主述而孫元泰補敘的方式，花了十分鐘交待昨晚的行蹤。

「我將兩位剛才說的重點整理一遍。」薛品勇低頭，輪流看著手上的小筆記本與手機螢幕說：「如果有誤，你們隨時糾正我。」

「請。」

孫元泰與莊大猷異口同聲。

「昨晚六點，莊教授一個人先來飯店，與葛教授在二樓的中餐廳共進晚餐。八點鐘，孫老師趕來會合後，你們三人隨即移到一樓的酒吧喝酒聊天，直到十一點鐘。」

「對的。」

莊大猷說。薛品勇看向孫元泰，孫元泰點點頭。

薛品勇開始發問：「莊教授，你昨晚是怎麼來這裡的？」

「我在台灣沒有車開，是坐計程車來的。」

「怎麼沒有跟孫老師一道來呢？」

「他昨晚另有系上聚餐的行程，我只好自己先來了。」

「不能等孫老師的行程結束後，再搭他的便車過來嗎？」

「沒辦法，我已經與葛教授約好，昨晚由我作東，為他『洗塵』。」

「『洗塵』是指……？」

薛品勇歪著頭，聽不懂這個詞的意思。

「就是歡迎他從北京風塵僕僕而來。」莊大猷長話短說：「總之，我是請客的人。請客的人如果遲到，就太不像話啦。所以就先坐計程車來……」

「瞭解了。」薛品勇說：「當你到達飯店時，是與莊教授約在這大廳裡碰面，還是直接去二樓的中餐廳？」

莊大猷搖搖手。

「都不是，我先去他的房間，跟他聊了半個小時。」

「他的房間？」

「對。」
「就是命案現場，他住的一三一四號房？」
「是的。」
「你們是事先約好了，在他的房間碰面嗎？」
「不是。」莊大猷說：「我們本來是約六點半，在二樓的中餐廳門口見的。但因為我早到了半小時，於是就先去他的房間拜訪拜訪。」
「能去他的房間拜訪，所以你們是很好的朋友囉？」
「我們從沒見過面，但透過電子郵件與社群軟體，彼此『神交』很久了。」
「『神交』？『神交』是指……？」
薛品勇也聽不懂這個詞的意思。
「就是我久仰他的大名，而他也久仰我的大名啦。」
「你跟葛教授兩位，都是很有名的……學者囉？」
莊大猷昂起頭來，嘴唇往上翹。
「你可以用我們的名字google一下，就知道了。」
滿滿的自信，盡在不言中。
「你們在他的房間裡，都聊了些什麼呢？」
「天南地北，什麼都聊。」莊大猷將微馱的背向後深埋進沙發裡，表情若有所思：「什麼都聊。」
他這副模樣看在孫元泰眼裡，就彷彿時光倒流，整個人都回到了昨晚的一三一四號房再次與葛衛東暢談似地。

「葛教授當時看起來，有什麼異樣嗎？」

薛品勇在小筆記本上寫了幾個字，然後右手食指與中指夾著筆旋轉。

「沒有。他第一次來台灣，又第一次見到我，心情很興奮。」

「他是否有提到，最近有什麼不尋常的事情發生在他身上？」

「你是指哪一類的事情？」

「比如，他有什麼煩惱，或是誰要來找他麻煩之類的。」

莊大猷手托下巴，雙眼直視著薛品勇好一陣子。

「薛刑警，你知道我與葛教授的研究領域是什麼嗎？」

「我不知道。」薛品勇攤攤左手：「不如，莊教授你告訴我吧。」

「仔細聽好了，我絕對不是在開玩笑喔。」莊大猷字正腔圓道：「我們兩個多年來，都在研究時空旅行的可能性，企求打造出世界上第一部時光機器來。」

此言一出，放在薛品勇大腿上的小筆記本與手機差點滑落而下。

「時光機器？真的假的？莊教授，你沒有在跟我唬爛吧？」

薛品勇的神情有點狼狽，似笑非笑。

「你上網google一下就知道了。」

「又要我google？」

「只不過，我們打造中的時光機器跟科幻電影裡上演的有所不同，並不是一個封閉的空間那麼簡單，而是牽涉到更複雜理論的精密裝置。」莊大猷比手畫腳，有如在研討會上發表論文：「我的做法，是藉由黑洞與黑洞間的warmhole，中文翻作『蟲洞』或是『蠹孔』，來製作包括collider、imploder、 inflator與differentiator的時光機器——我不知道這四個英文字的中文翻譯是什麼……」

一連串艱澀的專有名詞聽得薛品勇目瞪口呆，一句話也回不了。

「而葛教授是做法相對比較容易。他是利用穩定的能量扭曲空間，進而扭曲與空間相連的時間。詳細的學理，我就不多提了。」莊大猷說：「昨晚，葛教授在房間裡告訴了我一個祕密。」

薛品勇總算從半張的嘴裡吐出幾個字來：「……什麼祕密？」

「他說，他的研究已經有了突破性的進展。」

「難道，他的……時光機器，已經製造成功了嗎？」

莊大猷搖頭。

「這種研究的成果，和你們一般人所想像的大不相同。」他講到「一般人」這三個字時，眼神充滿了睥睨：「並不是可以簡單地用『成功』與『失敗』這種二分法來conclude。」

薛品勇被搞糊塗了。

「那麼……」

「他是這麼說的：上個月，他的能量裝置曾以百分之九十三點四符合設計原理的程序，有效運轉過半分鐘。」

「才半分鐘？」

「你在說什麼啊？」莊大猷對薛品勇的反應動怒了：「能運轉半分鐘，這已經是不得了的、空前的成就了！薛刑警你懂不懂啊？」

「是是是，抱歉。」薛品勇欠了欠身，說：「那麼莊教授，你公開這個祕密的意思是……？」

「你沒聽到嗎？『有效運轉過半分鐘』。所以在那半分鐘裡，時空旅行是可實現的。You got

that？」

「可以說中文嗎？我英文很爛。」

「你剛剛問我，誰會來找他麻煩。我在想、我在想，會不會是在那裝置運轉的半分鐘裡……」

莊大猷講到一半，薛品勇彈了彈手指，道：「葛教授回到過去或未來了嗎？這也太扯了吧？」

「不。他告訴我，在那半分鐘裡，他並沒有把他自己、任何人或物質送進裝置裡。」莊大猷的眼神發亮：「而是相反地，『某種東西』透過了他的能量裝置而來……」

薛品勇嘆道：「愈說愈離奇了。那『某種東西』是什麼？」

「他沒有透露。」莊大猷說：「我只是猜想，那會不會就是他遇到的麻煩，並與他的死有關？」

即使是聽在孫元泰耳裡，莊大猷這番聯想都太過牽強而躁進，更不用說是辦案實事求是的刑警了。

「這個，我們會再做確認的。」薛品勇的回答言不由衷：「因此，你們昨晚在一三一四房聊了半個鐘頭，六點半再去中餐廳吃飯？」

「是的。」

「在那半個鐘頭裡，有別人來飯店找過他嗎？」

「沒有。從頭到尾，只有我和他兩個人在他的房內。」

「有人打電話給他嗎？」

「不記得了，他可能有接過一、兩通吧。」

「知道是誰打的嗎？」

莊大猷聳聳肩：「你去檢查他的手機，或是直接調通聯記錄還比較快。葛教授入境後，用的就是台灣的手機。」

「他是什麼時候入境的？」

「前天下午。」

莊大猷把存在他手機裡，葛衛東來台的航班編號拿給薛品勇看。

「他一個人來？沒帶太太？」

「他還沒結婚呢。」

「莊教授呢？這次也是一個人回來？」

「我離婚了，目前也是單身。」

薛品勇看了看也是孤家寡人的孫元泰，脫口道：「你們三位教授倒是有志一同，都把自己終生奉獻給學術啦？那麼，孫老師昨晚是怎麼來的？」

「跟今天一樣，開車來的。」

「你昨晚有去葛教授的房間拜訪嗎？」

「沒有。我去中餐廳與他們會合後，接著就去酒吧了。喝到十一點，就帶著莊教授離開了。」

「所以剛剛，你是第一次去到葛教授的房間？」

「對的。」

「你之前有見過葛教授嗎？」

「沒有。我的學術專業跟莊教授、葛教授他們相差十萬八千里，之前根本聽都沒聽過葛教授這個人。」

「可是你卻與莊教授那麼熟？」

孫元泰指指莊大猷。

「如果他不是我的小學同學，我應該也一輩子不會認識他。」
「所以兩位是同學？」
薛品勇用筆尖，在孫元泰與莊大猷前掃來掃去。
「小學同班六年，穿同一條褲子長大，什麼禍都一起闖過了。」
「喂！我小學時很乖的好不好？都在用功讀書好不好？禍是你一個人闖的！」莊大猷插嘴道。
「就孫老師你昨晚與葛教授相處的印象，你有感覺出他有什麼煩惱，或是誰要來找他麻煩之類的嗎？」
薛品勇把才問過莊大猷的問題，又向孫元泰問了一次。
孫元泰想了想後，搖搖頭。
「就像莊教授講的，葛教授昨晚的心情很好，談話的興致很高，感覺不出他有什麼煩惱。」
「是因為他的研究有了突破性的進展嗎？」
「這個他昨晚沒對我透露，我是剛剛聽了莊教授講才知道的。如今想起來，也許就是這個原因吧。」
「你們在酒吧的時候，有人來找葛教授嗎？」
「完全沒有。」
「到了十一點，你們就鳥獸散了？」
「因為葛教授被莊教授灌了太多高粱，喝太醉了。」
「喂！我不只灌他，也有灌我自己好不好？」
莊大猷說。薛品勇問孫元泰：「酒吧不是大都供應洋酒嗎？居然有高粱？」

「飯店這邊的酒吧有。」孫元泰說：「葛教授最後喝到走路都有問題了，所以……」
「你們沒有送他回房間嗎？」
「沒有，因為莊教授也不省人事了。」
「孫老師呢？」
「我？我……還好，喝得……不多，因為……我還要開車嘛。」
孫元泰結結巴巴。
他說了謊。以他昨晚喝的量，即使現在接受酒測，他應該都還過不了關。
薛品勇也許是看在學分班師生一場的份上，並沒有針對孫元泰酒駕的事窮追猛打，只輕輕帶過道：
「是嗎？那麼昨晚離開飯店後，孫老師就開車帶莊教授回家了？」
「對。我住得比較近，莊教授住得比較遠。讓他睡我家，他就可以休息得久一點……」
其實是孫元泰昨晚不勝酒力，沒有辦法載莊大猷回去後，再開車撐回自己的家。
「孫老師回去後，有接到葛教授的電話嗎？」
「沒有。以他昨晚的醉樣，應該一躺上床就睡死了吧。」
「我回孫教授家後，也沒接到葛教授的電話。」
莊大猷也補充道。
「瞭解了。」薛品勇蓋上小筆記本，拂了拂長瀏海：「今天就先到這裡。日後如果還有需要，會再請教兩位……」
「我只在台灣待一個星期，就要回美國了。」
莊大猷對薛品勇說。

「莊教授那麼快就要走啦？」

「我是專程來參加『華人相對論雙年會』的。美國的學校與研究室那邊，都還有一大堆事情等著我回去處理呢。」莊大猷挑了挑眉：「因此日後你如果還有需要，可能要多請教孫教授了……」

「再怎麼說，你跟葛教授比我跟他認識久得多，他算是你的朋友，不是嗎？」孫元泰對莊大猷佯怒道：「怎麼好像你把責任都推到我一個人身上似的？」

「喔？被你看出來啦？」莊大猷說：「不不不，其實你錯了。」

「為什麼？」

莊大猷的臉色沉了下來。

「我沒有推卸責任。因為葛衛東的死，我可是比誰都難過呢。」他說。

11

為了讓莊大猷有時間為明天的「華人相對論雙年會」預作準備，離開艾德華豪舍飯店後，孫元泰就先開車載莊大猷回桃園。

「阿泰，依你看，葛衛東是被誰殺害的？」

當車子一轉入飯店周邊的聯絡道路，坐在副駕駛座上的莊大猷就問孫元泰。

手握方向盤的孫元泰「撲嗤」一聲笑出來，說：「這種事你應該去問警察，怎麼會問我啊？」

「你客氣了。我相信，關於這件命案，你一定有什麼高見。」

「別鬧了，我哪會有什麼高見呀？」

「你說說看嘛。等你說完，我再說我的。」

孫元泰一面操控著方向盤、目不轉睛留意前方的路況，一面莊大猷問：「小莊，葛衛東是一個人過來台灣開會的，沒錯吧？」

「當然沒錯啦。」

「飯店的一三一四號房也是他一個人入住的，沒有別人吧？」

「那還有假？」

「你昨晚六點去一三一四號房找他時，房內只有他一個人在，是不是？」

「只有他一個人在。」

「即使如此，還是不能排除從葛衛東入住到身亡為止，有別的訪客來找他的可能性。」孫元泰分析：「就像是今天早上的那位晴川大學的石國賢助理教授一樣……」

「是啊。葛衛東第一次來台灣，想去拜訪他的同行學者應該不少。」

「有沒有訪客的事不難查：葛衛東的行事曆、飯店櫃檯的記錄與監視器的畫面，都有助於釐清。」孫元泰重踩油門，將車駛進上高速公路的匝道：「如果在我們去找他之前，他都沒有別的訪客，那麼以目前的線索來看，昨晚十一點以後去一三一四號房找他的人，就很有可能是真兇。」

「所以阿泰，你認為兇手是葛衛東的訪客？」

「以目前的線索來看，我認為是。葛衛東在台灣有親戚嗎？」

「據我所知，一個也沒有。」莊大猷說：「四九年時，他們家既非上海富商或國民黨，也沒人從事軍、公、教，所以……」

「所以如果他有訪客，十之八九是你們同行的學者了？」

「阿泰，你是在指控我們這一行裡有人是殺人兇手？不行不行，我抗議。」莊大猷搖手：「我的看法是，殺害葛衛東的，應該是一般的竊賊或是歹徒才對！」

「你剛剛不也在命案現場聽薛刑警說過了嗎？『從窗戶入侵的機率不高，房門鎖也是完好的』。如果是竊賊或是歹徒下的手，你告訴我，他們是怎麼進入房間的呢？」

莊大猷沉思半晌，說：「搞不好是竊賊或歹徒冒充房務人員，去敲葛衛東的門。葛衛東不疑有他，就開門引狼入室了。」

「那就視葛衛東的隨身財物有沒有失竊而定了。」孫元泰搖頭：「不，即使是訪客也有機會故佈疑陣，把現場弄得好像是被洗劫過似的……」

莊大猷仍不死心：「你還是對訪客犯案的可能性那麼執著啊？但反過來講，也有可能是竊賊或歹徒犯案後基於某種原因，未取走財物就離開現場了，對不對？」

「這個嘛，等到警方將飯店櫃檯的記錄與監視器的畫面清查過一遍後，就知道我們倆的判斷是誰對誰錯了。」

「不可能是訪客啦。像我們這種物理學家，怎麼可能會是罪犯呢？太污辱人了。」

「至於刻在兇器上頭的不明英文……」

「阿泰，你認為那是什麼？」

「我亂猜的：會不會是什麼廠商還是品牌的名字？」

莊大猷掏出手機滑了滑。

「Negative。搜尋結果，沒有一個廠商或是品牌取這個名字。」

「是『Moniquel』喔！你字母拚得正確嗎？M-O-N-I-Q-U-E-L……」

「正確啦！真的沒有這個廠商或品牌。」莊大猷側了側頭，說：「會是人名嗎？比如說，兇手的名字？」

「誰殺了人會那麼笨，把自己的名字留在現場啊？」

「也許兇器刺得太深了，兇手拔不出來，只好留在現場了。」

「再說，誰會取Moniquel這種怪名字呢？」

「你不曉得，美國近年來有愈來愈多的黑人都愛給自己的小孩取極度古怪的英文名字，像是什麼LaMarcus啦、DeAndre、Shaquille啦的……」

「這些不都是NBA球員的名字嗎？」

「還有Liyah、DeShawn、Jamal、Xavier等等。其實，這些名字大多是源於他們的非洲原鄉，而用英文發音而來的拼法。」

「可是，這當中好像並沒有Moniquel這個名字吧？」

「這，是沒有啦……」

「所以，Moniquel真的是人名嗎？」

「不然會是什麼呢？」

「也許是某種密碼？」

「密碼？」莊大猷放下手機：「呿，你偵探推理小說看太多了吧？」

「譬如，M是第13個英文字母，O是第15個，以此類推。如此一來，Moniquel這個字就會變成13、15、14、9、17、21、5、12的數字組合。」

「這樣的數字組合，又能代表什麼意思呢？」

「嗯……這我還在想。」

「Besides，那也不見得是數字，說不定是什麼其他東西的組合，可能性太多了啦！」

「算了，Moniquel的謎暫且擱下。」在匝道上等了三次紅燈後，孫元泰終於將車駛入高速公路：「此外，我對葛衛東房內消失的枕頭，還是耿耿於懷。」

他一講完，立刻被莊大猷虧道：「孫教授，可別因為一把年紀未婚而慾求不滿，就對床笫間的事情那麼感興趣吧？」

「你昨晚去葛衛東的房間時，可曾注意到他床上有幾個枕頭？」

「我又不是gay，對葛衛東感興趣的是他的研究而不是他的肉體，哪會注意到枕頭那種東西啊？」

「時代不同了，講話要小心。你這擺明了是對性傾向的歧視喔！」

「無所謂。在美國，我是共和黨員。」

「所以，說不定你去到他的房間時，他的床上就只有一個枕頭了？」

「就跟你說了，我沒去注意嘛！」

「消失的三個枕頭是被兇手帶走的嗎？兇手為什麼要帶走呢？」

「唉。阿泰，你自己不也說了，也許是房務人員一開始就只放了一個枕頭在房內。你就別自己折磨自己了吧！」

孫元泰捉狹道：「那三個枕頭，會不會是小莊你離開葛衛東房間時帶走的？」

「我帶著三個枕頭，是要怎麼去中餐廳啦？而且，葛衛東會讓我帶走他的枕頭？」

「你那麼認真幹麼？我也知道不是你帶走的。」

「誰要帶那種東西走啦？」

「沒見過世面的鄉巴佬，想說把艾德華豪舍飯店的枕頭帶回家當作紀念……」

「哪有這種無聊的人啊？」
「小莊你不曉得，台灣多的是這種貪小便宜之徒。能拿的就拿、能搜刮的就搜刮……」
「枕頭那麼顯眼，他要怎麼帶出飯店呢？」
「藏在旅行箱裡啊。或是什麼也不藏，就那麼大搖大擺地帶出門口。厚臉皮的人，比比皆是……」
「別再管什麼枕頭不枕頭的啦！那跟葛衛東的死一點關係都沒有。」
「講到這個，葛衛東的死，跟誰會有關係呢？不，應該這麼說，葛衛東死了，對誰會有好處呢？」
「兇手的犯案動機嗎？」
「葛衛東結過婚嗎？」
「沒結過婚。」
「他有小孩嗎？」
「你懷疑是他小孩為了遺產弒父？不，他很潔身自愛的，沒結過婚也沒有小孩。」
「也許是他的姪兒或外甥……」
「真要下手，幹麼不在大陸，而要千里迢迢飛來台灣？」
「也許，有什麼不得不在台灣下手的理由？」
「那也要看有沒有他的親戚入境台灣的記錄啊！」
「莊教授，你吹鬍子瞪眼，那麼義憤填膺幹麼呀？」
「阿泰，你昨晚也跟葛衛東相處過了，不是嗎？他是個全副心力都放在學術研究上的老實人，從來不跟人結怨的，哪會有什麼仇家啊？」
「你也知道，江湖人心險惡。你不跟別人結怨，並不能保證別人就不會討厭你、恨你。」

「這個我知道。但是，也不至於有人討厭他、恨他到要取他性命吧？」
「擺在眼前的事實是，葛衛東不就已經被人刺殺身亡了嗎？」
「所以我說是竊賊或歹徒幹的嘛。」
「又來鬼打牆了……」
「否則，你要怎麼解釋？」
「小莊，我們都是學術中人。自古文人相輕，而且彼此間都有競爭的關係。」孫元泰將車設定在「定速」後，說：「難道不會是這種情形嗎？」
「哪種情形？」
「嫉妒葛衛東的同行，想要阻止他在『華人相對論雙年會』上發表劃時代的研究成果，所以先下手為強？」
「誰會做那麼沒品的事？」
「例如，你啊。」
「去你的！」莊大猷敲了一下置物箱，說：「昨晚喝完酒後到現在，我都跟你在一起，要怎麼去殺人啊？」
「呵呵，誰知道啊？」
「我看，兇手應該是你吧！」
莊大猷反唇相譏。
「喂，你這人怎麼那麼開不起玩笑呀？」
「就算殺了別人，也不能確保自己的研究能成功，不是嗎？」

「也許，兇手想把葛衛東的研究成果據為己有？」

「阿泰，這就是你們學人文的不懂之處了。」莊大猷向孫元泰說明：「我們這種研究，是一個長期的過程。在過程中會區分成好幾個階段，並依序發表階段性的研究成果。這樣的論文，葛衛東已經發表了不下十數篇了；大家都知道他在做什麼實驗、如何設計、各階段的發現又是什麼。一旦這些東西被剽竊，一定會被明眼的同行識破的。」

「是這樣的嗎？」

像莊大猷這樣有份量的物理學家一開講，孫元泰登時矮了一截。

「因此，你所謂的『據為己有』其實是毫無意義的。而且，即刻就會在學術上被宣判死刑，以後也不可能留在這個圈子裡打滾了。」莊大猷強調：「我們的同行中，不會有那麼愚蠢的人。這也就是我不同意你認為『兇手是訪客』的理由……」

「被你講得我都快招架不住了。」

「術業有專攻嘛。不過，我的專業『物理』與你的專業『中文』，相去何止千萬里？」

莊大猷的優越感又來了。但他說的是事實，孫元泰也不能不低頭。

低頭之餘，在剩下的車程裡，孫元泰都不想再說話了。

「『華人相對論雙年會』為期三天。」抵達目的地後，臨下車前，莊大猷提醒孫元泰：「我們三天後再見囉。」

「三天後再見。」

莊大猷伸腿跨出車門時，又回頭交待孫元泰：「既然薛刑警是你的學生，那就好辦了。葛衛東的案情偵查若有任何進度，就請你幫我追蹤一下。面對老師的要求，薛刑警他應該不會拒人於千里之外的吧。」

「你就算不交待，我自己也會去問他的。」

「謝啦。」

說著，莊大猷向車外站起身去。

「早點休息吧。」

「嗯。」

莊大猷關上副駕駛座旁的右前車門後，又示意要孫元泰降下車窗來。

「怎麼了？」

駕駛座上的孫元泰按下升降控制鈕後，隔著空空的右前車窗，問車外的莊大猷。

莊大猷嘆了一口氣。

「我啊，真想趕快知道，昨天晚上用東西刺入葛衛東的後腦，把他那麼卓越的一位人才給活活葬送掉的傢伙，究竟長得是副什麼德性？」

他握緊拳頭，咬牙切齒地說。

12

三天後的中午，不等孫元泰出擊，薛品勇就主動來電聯繫了。

「孫老師，你現在人在學校裡，對吧？」

「哦？你怎麼知道？我正在我的研究室裡用餐。」

「我查過課表了。」薛品勇說：「孫老師今天的課是上午的十點到十二點，以及下午的四點到六點。中間有四個小時的午休空檔，我賭老師大概會待在研究室裡，不會走遠。」

「的確，被你賭對了。你是因為我身材的關係，才賭我不會走遠的嗎？」

「沒有啦、沒有啦，怎麼會呢？」薛品勇急忙澄清：「孫老師，方便去打擾你嗎？」

「什麼時候呢？」

「五分鐘後。」薛品勇說：「此刻，我人已經在貴校，快要抵達老師研究室所在的樓館了。」

頗有點先斬後奏的意味。

不過，孫元泰並不介意。比起要他抽時間去刑事警察局跑一趟，薛品勇能自己送上門來，不知幫了多少大忙、省去多少麻煩。

五分鐘後，坐在孫元泰研究室裡的薛品勇穿了件與三天前同款式的深藍色羽絨衣，面容看上去有些疲憊。

一坐下客用的單人座沙發，他的皮鞋鞋尖就不自主地輕叩起地板來。

「查案很辛苦吧。」

「辛苦，但是有代價。」

對坐的孫元泰正要起身要為薛品勇倒茶，卻被薛品勇婉謝了。

「開玩笑，哪有老師替學生倒茶的道理？不可以、不可以……」

嚴格恪守倫理的份際。孫元泰感嘆，時下的大學生完全沒得比。

薛品勇不多浪費時間寒暄，開門見山便道：「我們清查了他在台期間，所有的電話通聯以及在網路上的活動記錄。不過，都沒有發現什麼可疑之處。」

「哦？是嗎？」

薛品勇拿出手機，盯著螢幕裡的資料，說：「其次，葛教授在台期間的行蹤，都已經被我們掌握得差不多了。他是在五天前，也就是十日那天下午三點三十五分抵台，由『華人相對論雙年會』的主辦單位，我們北華大學物理學系的兩位助理教授接機，直接送到艾德華豪舍飯店休息。」

「這個我也聽葛教授說過了。」

「葛教授入住飯店後，一直到十二日晚上，他與孫老師、莊教授見面之前……」

「你是要告訴我，他都沒有離開過飯店一步嗎？」

「不。十一日中午，中壢鳴智大學的物理系有派人來飯店接他，到鳴智大學附近的餐廳與物理系同仁聚餐。」

「到中壢去了啊？」

「晚間，台南福爾摩沙大學物理系的七位老師又北上來拜訪，在飯店的西餐廳設宴款待。」

「哇，行程那麼滿啊？」

「據我們瞭解，葛教授是好幾種國際頂尖物理期刊的編輯委員。」薛品勇翻開他的小筆記本說：「鳴智大學與福爾摩沙大學此舉是為了打好關係，方便他們系上有升等壓力的老師投稿。」

「果然是這樣的呀，不意外。」

相較之下，孫元泰這種人文學科的老師就安逸得多，不太需要投入這些有的沒的。

「至於十二日，葛教授整個白天都沒有訪客，他也沒有踏出過飯店一步……」

「我記得他對我說過，他下午有去游個泳、健個身什麼地。」

「這個，經查也屬實。」薛品勇又滑了滑手機：「至於他晚上的行程，根據飯店監視器的畫面，六點三分時，莊教授來到葛教授的房間外敲門。」

「六點三分……」

「葛教授開門後，兩人在房內待到六點三十二分才連袂離開，前往位於飯店二樓、名為『千里共嬋娟』的中餐廳。」

「原來那間中餐廳的名字，那麼樣地詩情畫意啊？」

「據說艾德華豪舍飯店的陸客不少，所以……」薛品勇俯看手機，接著說：「吃到八點十一分，他們就買單走人，到一樓的酒吧與孫老師會合，直到十一點五分，孫老師與莊教授直接搭電梯下樓到停車場，葛教授則上樓回房。」

孫元泰吸吸鼻子，思索道：「根據飯店監視器的畫面，葛教授外出的時候，有人潛入過他的房間嗎？」

「我們逐一檢視過畫面了，完全沒有。」

「他與莊教授在中餐廳，以及加上我在酒吧的時候……」

「沒有任何人偷偷潛入過一三一四號房。」

「薛刑警，你說的是從房門吧？要是從窗戶潛入呢？」

薛品勇搖搖頭。

「我們已經檢查過飯店的外牆了。在沒有陽台可以攀附的情況下，要從一樓的外牆登上十三樓的外牆，天底下只有蜘蛛人可以辦得到。」

「十三樓應該不是飯店的頂樓吧？」

「不是。」

孫元泰思索時將兩道濃眉向中間一皺的模樣，讓他看起來宛如港片中的「一眉道人」。
「由下而上行不通，如果是由上而下呢？從頂樓的外牆下到十三樓的外牆……」
「艾德華豪舍飯店的地上一共有三十層樓。從頂樓下到十三樓，必須越過十七層。在沒有陽台的情況下，這也不是常人能辦得到的。」
「兇手會不會是使用了什麼攀岩的工具？」
薛品勇抿起嘴搖頭。
「飯店外頭，設有數部對著外牆拍攝的監視器，我們也調閱過了。沒有拍到外牆上有孫老師你說的那種工具，或是使用那種工具的人出沒。」
「是嗎？這麼一來，兇手會不會是在葛教授入住之前，就已經躲在一三一四號房內了？」
「這雖然有些異想天開，不過我們也是有懷疑過這一點啦。」薛品勇笑了笑：「在葛教授之前的一三一四號房客，是兩位從印度加爾各答來的軟體工程師，他們兩位在六日入住，而在十日，也就是葛教授抵台那天的中午十二點退房。在他們之前的房客則是一對日本老夫婦，二日入住，六日退房。為了慎重起見，我們將所有拍攝範圍能涵蓋到一三一四號房門的監視器畫面，都從十二月一日那天起回看……」
「結果呢？」
「從十二月一日到十二月十三日葛教授遇害，完全沒有發現有不知名的人躲在一三一四房裡的事證。」薛品勇回答得斬釘截鐵：「更別提那間房裡一直有房客入住了。」
孫元泰總結道：「所以十二日那天晚上，葛教授回房時的十一點五分，房內也只有他一個人在了？」

「是的。根據監視器拍到的畫面，一直到十三日早上九點五十四分，葛教授的屍體被那位石教授與房務人員發現為止都是。我們還不厭其煩，詢問了住在隔壁的房客呢。」

「他們怎麼說？」

「他們大多到了深夜才回房，白天都不在飯店裡。但他們說，並沒有聽過一三一四房傳出兩種不同的人聲。」

孫元泰呆了呆。

「難不成，葛教授是被鬼殺的？」

「說到鬼。」薛品勇滑了滑螢幕後，將手機拿給孫元泰：「孫老師，請你看看這段影片。」

是裝設在差不多五、六公尺遠的監視器，從天花板斜向朝下拍攝一三一四號房門的畫面。

畫面的左上角標註著「十二月十三日零點十分」的時刻；「分」後面代表「秒」的兩位數字，則不間斷地循序推進。

零點十一分三十一秒、零點十二分六秒、零點十三分二十五秒……

孫元泰盯著空畫面許久後，頻頻眨眼，漸感不耐。

「孫老師，快到了、快到了……」

就在零點十三分四十一秒時，電光火石間，一個物體飛也似地從畫面的左下方向右上方掠過。

由於變化太快，孫元泰將影片往前倒了回去，並請薛品勇幫忙調慢播放的速度。

這回，看清楚了。

有一個女人從畫面的左下方朝右上方，踩著鋪設在走廊上的深紅色長地毯奔跑而過。

女人的年紀很輕、個頭中等，穿著長袖上衣有排扣、下半身為長裙的過時黑色套裝；腳上高跟包鞋的寬頭樣式，應該也已經退流行了。
奇特的是，她梳著一頭早就沒有人這樣梳的中分短髮，髮梢的部分卻燙得捲捲曲曲地。由於監視器拍攝角度的關係，孫元泰只能目睹到女人的側面，而無緣得見她的全臉。
可以肯定的是，在她側面那大眼睛、飽滿顴骨而深輪廓的東方臉孔中，又細又長的眉毛應該是補畫上去的。
恢復為空畫面後，孫元泰將影片向後快轉了好幾分鐘，空畫面仍舊不變。
他抬起頭，用疑惑的眼光望向薛品勇。
「薛刑警，你給我看這影片的用意是？」
「孫老師，進一步檢驗後，法醫將葛教授的死亡時間推斷在十二日晚上十一點到十三日凌晨一點這兩個小時之內。在這段時間中，總共有十五個人被監視器拍到，曾經走過一三一四號房的房門前。」
「有十五個？不少嘛。」
「其中十四個人都已經被我們問過話了。他們全都是飯店的房客，有的還就住在隔壁的一三一六或一三一二號房。然而……」薛品勇頓了頓後，加重語氣：「只有那段影片中的女人身分不明，且下落成謎……」
「薛刑警，你的意思是，兇手是那個女人？」
「我只是懷疑，還沒有找到充分的證據……」
「殺害葛教授的，會是那個在影片中從頭到尾都沒有走進過一三一四號房的女人？她要如何隔空犯案啊？這也太……」
「但是，孫老師剛才不也在懷疑，葛教授可能是被鬼殺的嗎？」

「我只是在信口開河而已，並不是認真的。」孫元泰突然想到了什麼，問道：「薛刑警，拍攝範圍能涵蓋到一三一四號房門的監視器，一共有幾部呢？」

「一共有三部。」

「那麼，我可以看看另外兩部監視器在十三日零點十三分四十一秒拍到那女人時的畫面嗎？」

「應該，沒有那個必要……」

「為什麼呢？」

「因為我們已經都先看過了，另外兩部監視器裝設的角度更不好，拍到的女人樣貌更加模糊。」薛品勇信心滿滿：「給孫老師看的那段影片，已經是最清晰的了。」

他都這麼說了，孫元泰也不好堅持；「喔」地一聲聲點點頭後，默默將薛品勇的手機奉還。

「由於葛教授的身分特殊，學術地位又高，案發隔天，對岸的海協會就派員來台瞭解了，還因此對我們的調查工作施加了不少壓力，實在是有夠……」薛品勇板著臉發牢騷：「導致這幾天，我們幾乎是沒日沒夜地在做現場指紋的比對工作。」

「留在一三一四號房內的指紋嗎？」

「除了葛教授自己的以及四位房務清潔人員的之外，還剩下一組不明的指紋。比對的結果，和那十四位在推斷的死亡時間內走過一三一四號房門前的房客都不符合……」

孫元泰想：「這不是廢話嗎？人家只是走過門前而已，怎麼可能在房內留下指紋呢？」沒想到，薛品勇接著就把孫元泰這番心聲公開了出來：「其實，這是想當然爾的結果。他們又沒有進入過一三一四號房，如果還能留得下指紋，那才有鬼呢！」

「你的意思是，那個女人就是鬼；而剩下一組不明的指紋，就是她的？」

「我也不願意這樣想。可是幹我們這行的，可不能對怪力亂神太過鐵齒……」

薛品勇的表情肅穆，不太像是在說笑。

「也許她也是房客？」

「我們還在過濾房客的身分。孫老師你也知道，艾德華豪舍飯店的住房率很高，全數過濾房客一遍，需要花一些時間。」

「沒有詢問過櫃檯人員嗎？」

「問過了，他們都說沒看過那樣打扮的人出入；飯店各處的監視器畫面，我們也看到爛了……」

「一無所獲？」

「除了給孫老師看的那段影片之外，那個女人沒有出現在任何時刻的飯店監視器畫面中，詭異了吧？」

孫元泰提出異議：「可是，她那身打扮很顯眼。看過她的人，應該很難將印象磨滅……」

「講到這個。孫老師，你認為她的打扮如何？」

孫元泰托著腮思忖，回道：「一言難盡。先撇開服裝不談，她的髮型……」

「髮型很有古早味對不對？」

薛品勇搶話。孫元泰認同道：「嗯，很接近民初女子的調調，尤其是那種中分的分法……」他起身走到電腦桌前敲敲鍵盤，將搜尋到類似髮型圖片的液晶螢幕轉向薛品勇：「你看，是不是很像？」

「……是有點像。」

「而且，影片中那女人的髮梢是捲曲的。」

「捲曲怎麼了嗎？」

「在那個時代，除非妳天生就是捲髮，否則只有大家閨秀才有辦法弄得出那種髮型來。」
「有錢人家的小姐就對了？」
「再說她的服裝，有排扣的長袖上衣與過膝長裙，很類似同一時代，歐洲名媛的穿著……」
「歐洲啊？」
孫元泰雙手又在鍵盤上忙了一陣，然後將從網路上搜尋到的老照片展示給薛品勇看。
「好像，是滿類似的……」
「不過二次世界大戰戰後，歐洲還是有這種打扮的女性，只是愈來愈少就是了。」
孫元泰將液晶螢幕歸位，坐回薛品勇對面的單人座沙發。
「所以，她這身怪打扮，很像是坐時光機器來的對不對？」
時光機器……
薛品勇不經意的玩笑話，卻觸動孫元泰的某條心弦。
昨晚，葛教授在房間裡告訴了我一個祕密。
他的研究已經有了突破性的進展。
上個月，他的能量裝置……有效運轉過半分鐘。會不會是在那裝置運轉的半分鐘裡……
「某種東西」透過了他的能量裝置而來……
那會不會就是他遇到的麻煩，並與他的死有關？
三天前，莊大猷就曾有這樣石破天驚的論調。
殺害葛教授的兇手，就是影片中的那個年輕女人？而且，她是從將近一百年前乘坐時光機器而來的？
不、不、不，太荒謬了。

想也知道，怎麼可能有這種事嘛？

「不僅如此。那個女人頭上的髮型是中式的，身上的服裝卻是西式的。這種亦中亦西、半中半西的打扮，無論在任何時代，都是極為罕見的……」

孫元泰語無倫次，自己也不知道自己要表達些什麼。

「所以孫老師，你認為那個女人究竟是……？」

薛品勇的問題，讓孫元泰的頭腦一片混亂。

「我？我也沒有答案……」再不回歸現實面，他可能就要瘋掉了：「別管那個女人了。柯、薛刑警，葛教授放在房內的東西，有任何一樣失竊了嗎？」

話題轉移，薛品勇似乎也鬆了一口氣，回復專業口吻道：「目前看來是沒有。我們清點過，他的大陸手機與台灣手機都還在，皮夾與裡面的鈔票與證件都很齊全；儲存在筆記型電腦硬碟中的學術資料，在他的隨身碟中也有完整的備份。至於行李箱內的衣物，堆得更是滿滿的……」

「問過他大陸的家人嗎？」

「問過。但他父母已經都不在了，又沒有子女；只有一個住在天津的叔叔，也不太清楚來台前他打包了哪些行李……」

「葛教授的行李箱中，有找到不見了的那三個枕頭嗎？」

薛品勇「哈」了一聲，說：「孫老師對那三個枕頭的事，還是念念不忘啊？」

「因為不合常理嘛。」

「我們問過房務部了。房務人員說，他們每天都有在像一三一四號這樣的雙人房中，放置四個枕頭。」

「你看，是不是？所以確實是有三個枕頭在案發後不見了嘛。」

「孫老師，你可知道……那三個枕頭後來是哪裡被找到的嗎？」

「找到了嗎？在哪裡？」

「老師要不要猜猜看？」

「我猜……被塞進馬桶裡了？」

「不對。」

孫元泰左思右想，說：「床墊下面？」

「老師很會猜。不過，也不對。」

「在房間外嗎？」

「在房間外。」

「這樣範圍就大了；我猜不到。」

孫元泰舉手投降，薛品勇公佈答案：「被丟在飯店一樓外，後花園的樹叢裡。」

「樹叢？」

「那還不是我們刻意去找而找到的，是我們針對兇手從窗戶潛入房間的可能性，到飯店一樓的外面檢查飯店外牆時，偶然發現的。」薛品勇說：「三個枕頭大約都在樹叢裡五、六公尺的範圍內被發現，彼此相隔得並不遠。」

孫元泰不解：「他們為什麼會被丟在那種地方呢？」

「有趣的是，站在樹叢裡那五、六公尺的範圍內舉頭凝望，可以將不少房間面窗的那片外牆，盡收眼底。」薛品勇意有所指：「一三一四號房的窗戶，也在視線的能見度以內。」

「這是表示……？」

「我想，那三個枕頭，有可能是從一三一四號房的窗戶被往下丟的。」

「沒事丟枕頭幹麼？打枕頭仗打得太激烈了嗎？」

「枕頭仗呀？孫老師不只課堂上風趣，課堂下也挺幽默的嘛。」

「有在那三個枕頭上，採集到任何指紋嗎？」

「有是有，但是指紋都已經殘缺而不完整，很難辨識了……」

「那三個枕頭上面，有什麼破損嗎？」

「還好。可能因為重量輕，雖然從高處往下丟，倒沒什麼破損。」

「可是，葛教授陳屍時所躺的那個枕頭，就有點殘缺不全了。」

「那個枕頭被刺破了一個洞出來。」

「是被兇手刺破的嗎？」

「有可能。不過誠如孫老師三天前所見，現場並沒有打鬥的痕跡。」

「那不一定是兇手與葛教授打鬥時刺破的吧？」

「可是好端端地，兇手為什麼要拿東西刺破枕頭呢？」

「那破洞也可能是葛教授遇刺後，倒在枕頭上而形成的吧？」

「這個聽起來還比較合理。不過，還是要請教鑑識專家的意見才準。」

「你們還沒請教啊？」

「我們這幾天都在忙著在看監視器，還沒時間去……」薛品勇話鋒一轉，說：「其實，我今天來打擾孫老師，是為了一樣東西……」

孫元泰瞠目結舌：「原來，我們前面談了那麼多，還沒談到正題啊？」

「以前上孫老師的課時，我就知道，老師對中國藝術很有研究。」

「中國藝術啊？馬馬虎虎，有點興趣罷了。」

「我還上網查了一下，除了系上的課之外，孫老師還有在貴校開設中國藝術史的通識課程，真是學問淵博啊。」

「沒什麼啦，湊湊學分而已……」

孫元泰的答覆半真半假。

「孫老師對『髮簪』這種東西熟悉嗎？」

「髮簪？」孫元泰略有心虛：「要看是什麼樣的……」

他其實懂玉、懂畫也懂書法，但不懂髮簪，卻又不願爽快承認。

「中國髮簪，中國的金屬髮簪。」

「喔，中國的金屬髮簪啊？」孫元泰虛情假意一番後，開始漫天瞎扯：「髮簪這種東西，的確是中國歷代的藝術精品啦，特別是明代、清代以降……」

「是。」

「不過，木、竹、玉或陶瓷材質的髮簪比較常見，金屬的就……」孫元泰掰不下去了：「咦？為什麼會問我髮簪的事呢？」

薛品勇正襟危坐，道：「因為，我們把兇器從葛教授的後腦取出後，不知道那是什麼東西，而向各界求教。結果有好幾位古物鑑定家與拍賣商都信誓旦旦，斷定那是產自中國的金屬髮簪。」

「所以……」孫元泰訝異不已：「置葛教授於死地的兇器，是一個金屬髮簪？」

「正確地說，是用『金子』打造的髮簪。而且，還是有些年份的。」

兇手竟然用那麼貴重的東西，來當作兇器？

「你們有在那支金髮簪上採集到指紋嗎？」

「令人失望，一枚也沒有。」

「薛刑警，你有將那支金髮簪帶過來嗎？」

「那是重要的證物，當然不便帶來。不過，我有拍下照片……」

「那就麻煩你……」

薛品勇在他的手機螢幕上滑了又滑，然後點點頭，將手機交給孫元泰。

螢幕上是一根橫放在玻璃墊上的細長三角錐，通體散放出耀眼的金黃色光芒。

「果、果然是用金子打造的啊……」

「髮簪的長度為十五公分。」薛品勇邊翻閱他的小記事本，邊報出數據來：「底部三角形的邊長各為零點五公分。整體的重量，約達兩百公克。」

「兩百公克？那戴在頭上，可不輕鬆喔。」

「而且它那三角錐的外形愈到底部，金的份量就愈多，握在手裡的感覺就愈沉……」

「所以，是一只『頭輕腳重』的髮簪就對了。以前的中國女性，過得還真是辛苦啊！」

「沒錯。」

孫元泰對著照片嘆為觀止：

「細看這髮簪的頭部，被打造得是又尖又銳利。這種東西被拿來殺人，真是綽綽有餘了。」他說：

「對了，髮簪底部刻的那行英文字，好像看不太到啊。」

「這一張看不到。不過，我有在髮簪的底部上方加了放大鏡，近距離拍下另一張比較清晰的照片。」

「你說的照片在……？」

「下一張。孫老師你用指尖在這張照片上往右一滑，就是了。」

「這樣嗎？」

「對對對，就是這樣，看到了嗎？」

「喔，這……」孫元泰睜大雙眼：「原來是……」

照片上，刻在髮簪底部的八個英文字母特寫歷歷在目。然而，和三天前在一三一四號房時，薛品勇唸出來的不盡相同。

當時，薛品勇唸的是「M-O-N-I-Q-U-E-L」，「Moniquel」。

此刻，孫元泰在照片上看到的也是「M-O-N-I-Q-U-E-L」這八個字母，前後的順序也完全相同。只不過，排列方法與孫元泰認知的有些不一樣：並非是「Moniquel」，而是「Monique L.」。

「我還一直以為是一個英文字，結果是兩個啊。」孫元泰盯著照片出神：「照理說，這應該是人名吧。Monique是名字，而L.是姓氏的縮寫……」

「人名嗎？」

「『que』？嗯……這應該不是英文，而是法文的拼法吧……」

「孫老師知道這是誰的名字嗎？」

「Monique應該是女性的名字。莫妮可……法國……L開頭的姓……」孫元泰不斷覆誦道：「法國女人……姓L什麼什麼的……名叫莫妮可……莫妮可……」

「兇手是這個叫做莫妮可的法國女人嗎？」

「叫Monique L.的法國女人，應該有不少。到底L的後面是什麼字母呢？一個會配戴中國金髮簪的法國女人？法國……中國……法國……中國……」

「會不會是一個熱愛中國文化的法國女人？」

孫元泰低頭思考後，抬頭問薛品勇：「薛刑警，剛剛你給我看的那段影片，能不能再給我看一次？」

「沒問題。」

薛品勇拿起手機滑了滑後，遞給孫元泰。

梳中分而髮梢捲曲的短髮、穿排扣長袖上衣與過膝長裙、寬頭高跟包鞋的年輕女人，從畫面的左下方朝右上方，踩著深紅色長地毯奔跑而過……

大眼睛、飽滿顴骨而深輪廓的東方臉孔……

中分而髮梢捲曲的短髮、排扣長袖上衣與過膝長裙……

深輪廓的東方臉孔……

「難道……？」

「孫老師，有靈感了嗎？」

孫元泰足足再將影片倒回去重看了五次，終於舒出一口氣，轉頭對薛品勇說：

「金髮簪底部刻的Monique L.，也許就是她……」

「是誰呀？」

「也許就是一個叫做Monique Loo的法國女人。也就是說，L.是L-o-o的縮寫。」

「Monique Loo？她是藝人，還是名模啊？究竟是何方神聖？」
「如果，如果我猜得沒錯的話，那支金髮簪可以說是大有來頭……」
「那個Monique Loo是什麼上流社會的千金小姐嗎？」
「是不是上流我不敢肯定，但她確是位千金小姐沒錯。」
「所以依孫老師之見，殺害葛教授的，很有可能就是名字刻在兇器上、這個叫做Monique Loo的法國女人？」薛品勇不禁嘖了嘖：「本案的關係人中有葛教授這位大陸人已經很棘手了，現在還有外國人？我還是先確認一下，艾德華豪舍飯店的房客名單裡有沒有她……」
「薛刑警，不必白費力氣了。」孫元泰展臂將手機還給薛品勇：「艾德華豪舍飯店的房客名單裡，不可能有她的。」
「真的嗎？孫老師這麼有把握？」
「相信我。」
「好吧，她不是房客也無所謂。反正有了全名，就不難追查她的下落了……」
「薛刑警，你追查不到她的下落的。」
「咦？」
「不，我應該這麼說才對。」孫元泰改口道：「即使你追查到她的下落了，也是一場空，對案情沒有任何幫助。」
「一場空？何、何以見得？」
薛品勇在沙發上扭著身軀，如入五里霧中。
「因為我現在就可以告訴你她的下落了。」孫元泰正色以對：「出生在一九一三的Monique Loo，已經在二〇〇六年，也就是她九十三歲時過世了。」
「什麼？二〇〇六年已經過世了？」
「是的。」
「九十三歲？」
「相當高壽。」
「可是，出現在影片中的那個，明明是年輕的女人啊，不可能是九十三歲，甚至是已過世多年……還是說，那個女人跟葛教授的命案一點關係也沒有：她是她、Monique Loo是Monique Loo，而殺害葛教授的兇手是後者？」
「薛刑警……」
「不過，Monique Loo不是已經死了嗎？莫非，葛教授真的是被鬼魂所殺？還是說，兇手不是Monique Loo，而是那個女人？是她用了Monique Loo的金髮簪下的手？那個女人才是兇手？但案發時，她根本沒進入過一三二四號房啊，究竟是怎麼辦到的呢？我的腦子已經一團亂了……」
「薛刑警，你要不要花些時間，聽聽Monique Loo的故事呢？」
「故事？孫老師，葛教授的案情現在已經陷入膠著了，老師還有閒情講故事喔？」
「你聽完以後，或許案情就會柳暗花明了。」
「……真的假的？」
「究竟是影片中的那個女人，還是Monique Loo的嫌疑較重，答案可能也將在我的故事中揭曉啦。」
「有、有這麼神奇嗎？」
「你聽聽看，不就知道了？」孫元泰深呼吸後，挺起他的大肚腩來，信心十足。

13

「說穿了，與其說我要講的是Monique Loo的故事，不如說是她父親的故事來得恰當。」

「她的父親？Monique Loo的父親？哇，怎麼愈來愈複雜了呀？」

孫元泰對薛品勇的哀號置若罔聞。

「薛刑警，你可曾聽過C. T. Loo這個人的名號？」

「C. T. Loo？他是誰？是被美國聯邦調查局通緝中的頭號要犯嗎？」

「可惜他不是。你沒有聽你們求教過的古物鑑定家與拍賣商他們，提起過C. T. Loo這號人物嗎？」

薛品勇搖頭：「沒有，他們沒有對我們提起過。」

「沒有啊？我猜想，應該是他們學疏才淺，不夠見多識廣。」孫元泰傲然道：「C. T. Loo是二十世紀上半期最富盛名的中國古物商，是在他那個領域裡的天字號傳奇人物。」

「中國古物商？所以，他是專賣中國古物的？」

「他是專門將用各種手段——正當的與不正當的——巧取豪奪來的中國古物，高價賣給西方富豪的精明生意人。」

薛品勇在他的小筆記本上振筆疾書後，問了句：「孫老師，你前面說過Monique Loo是法國人，所以她的父親，那位C. T. Loo也是法國人了？」

孫元泰回答道：「雖然C. T. Loo的女兒是出生在法國的合法公民，但他自己至死，都還保有中國國籍，而沒有法國籍。」

「那個C. T. Loo是中國人？」

「Loo，其實就是翻譯自『盧』這個中國姓。」

薛品勇恍然大悟。

「原來有這樣的淵源啊。那麼，就他畢生都沒有法國籍這一點，表示他雖然是個生意人，但還是很愛國的囉？」

孫元泰啞然失笑。

「不，薛刑警，完全不是那麼回事。C. T. Loo從一九五零年十一月起，也就是他滿七十歲後便開始辦理入籍法國的手續，只不過卡在一些技術性問題上而功虧一簣，如此而已。」

「所以，他很愛國，但愛的不是中國，而是法國？」

「說得好、說得好。接下來，我簡單介紹一下C. T. Loo的生平。他於一八八零年誕生在浙江省湖州附近的「盧家兜」，家境十分貧寒，只好給人做工。二十二歲那年，他跟隨東家少主遠渡重洋赴法國，從此造就了他那不平凡的一生。

「二十八歲那年，與東家少主分道揚鑣後，C. T. Loo在巴黎第九區泰步特街四十六號上開設了他的第一家店面『來遠公司』（Lai-Yuan & Co.），取其『有貨自遠方來』的意思。」孫元泰說：「而這個遠方，指的自然就是中國了。」

「孫老師，你竟然完全不用仰賴任何資料，就能用背的背出這一大段來？厲害！厲害！」

「還沒完咧。一九三零年，C. T. Loo將他所有遍佈於歐美的公司都依照上海公司的行號，更名為『盧吳』。『盧吳』兩字中的『吳』，是他另一位生意夥伴吳啟周的姓氏。」孫元泰口沫橫飛道：「到C. T. Loo一九五七年死在瑞士為止，他的『盧吳』公司為他建立了一個橫跨亞、歐、美三洲的中國古物買賣帝國……」

「他靠販賣中國古物，賺了很多錢囉？」

「在那個動亂的時代，他可說是富甲一方呢。發跡後，他聘請法國建築師Fernand Bloch在巴黎第十七區的古塞拉路庫爾塞樂街四十八號興建了一戶名為『彤閣』的中式大宅。你知道那棟『彤閣』，花了他多少錢嗎？」

「不知道……」

「造價高達八百萬法郎。換算後，相當於今日的四百五十萬歐元。怎麼樣？夠闊氣吧？」

「四百五十萬歐元？」薛品勇用手機的電子計算機功能算了算後，驚呼：「一億八千萬台幣？」

「你就知道，他的財力有多雄厚了。然而，潮起終究會潮落；一九四九年中華人民共和國成立之後，他光輝璀璨的事業也就畫上休止符啦。」

「為什麼呢？」

「新的政權豈能容忍成千上萬的國寶繼續被C. T. Loo這樣走私與盜賣，而從自己的國土上流失殆盡呢？因此，他在中國的公司與收購的文物都被官方查封；公司裡的幹部們不是逃之夭夭先走一步，就是被逮捕入獄，發放勞改……」

「這個故事告訴我們：錢再多，也是有賺完的一天啊。」

「新政權的舉動並不足為奇。在歐美，C. T. Loo或許是中國文物收藏家趨之若鶩的頭號大盤商，講起話來一言九鼎、走起路來呼風喚雨；但從民族主義的觀點而言，在億萬中國人的心目中，C. T. Loo卻是個不折不扣的賣國賊。」

「他到底經手過多少件中國文物啊？」

「多少件？據中國文物界估計，流失到海外的中國古物，約有一半是他的傑作。」

「百分之五十？那麼多喔？」

「最有名的，像是昭陵六駿中的『拳毛騧』與『颯露紫』，就是被他於一九一六年至一九一七年間碎解後盜運到美國，再以十二萬五千美元的代價賣給賓州大學博物館的。」

「昭陵六駿中的『拳毛騧』與『颯露紫』？那是什麼東西啊？」

「昭陵是唐太宗的陵寢，位於陝西醴泉。薛刑警你知道唐太宗吧？」

「好、好像以前的歷史課有唸過……」

「在昭陵北面祭壇的東西兩側，共有六塊各高約一百七十公分、寬約兩百零五公分、厚約三十公分、重約二點五公噸的駿馬青石浮雕，刻有唐太宗生前先後騎乘過的『拳毛騧』、『什伐赤』、『白蹄烏』、『特勒驃』、『青騅』、『颯露紫』等六匹戰功彪炳的駿馬……」

薛品勇愈聽愈是鎖眉。

「……那些古代的馬的名字，聽起來都有夠怪的。」

孫元泰又移步走去自己的電腦桌，在液晶螢幕上搜尋出陳列在賓州大學博物館內的「拳毛騧」與「颯露紫」照片給薛品勇看。

「哇，名字雖然怪，卻都相當壯觀呢，和我想的有點不一樣……」

薛品勇讚道。孫元泰坐回沙發後，又說：

「至於其餘C. T. Loo販賣過的中國墓葬雕刻、青銅器、陪葬古玉、陶俑與佛像，更是不計其數。」

「墓葬雕刻？就像那昭陵六駿一樣嗎？」

「是的。」

「所以墓葬雕刻是從皇帝的墳墓裡……」

「從皇帝的陵寢裡偷出來的，也就是盜墓。」孫元泰解說道：「在那個時代的盜墓行徑，有很多都與C. T. Loo脫不了鉤。」

「偷死人的寶物喔？因此說C. T. Loo賺的是缺德財，一點都不為過囉？」

「一點都不為過哩。貨源被斷，沒有了中國古物的搖錢樹，晚年的C. T. Loo儘管不致窮困潦倒，卻再也風光不起來了。一九五七年八月十五日，他因神經性肌肉萎縮症，病逝在瑞士的尼永（Nyon）。」

薛品勇低頭俯看他抄的筆記，咕噥道：「孫老師，你的故事講到現在，還沒講到他的女兒Monique Loo呢。」

「啊，要不是你提醒，我都快忘了。不好意思、不好意思……」孫元泰舉起手致歉：「C. T. Loo的太太瑪麗羅斯是法國人。她十五歲結婚後，生下了四個中法混血女兒；其中的老大，就是Monique Loo。」

「十五歲？C. T. Loo娶的是未成年的少女？」

可能是在沙發與電腦桌間來來去去累了。這回，孫元泰用自己的手機，秀出一張Monique Loo垂目側倚在彤閣門廳的照片給薛品勇看。

照片中，Monique Loo低著頭淺笑，身穿一套繡工精緻的中式襖裙。

「薛刑警，你注意到什麼了沒有？」

薛品勇左看右看照片後，說：「孫老師是說，她的髮型嗎？」

「不愧是刑警，果然一語中的。你有沒有覺得，她的髮型很眼熟？」

短髮、中分，髮梢被燙得捲捲曲曲……

瞬間，薛品勇驚愕地說不出話來。

「注意到了嗎？」

薛品勇清了清嗓子，卻還是欲言又止。

於是，孫元泰代為答道：

「是不是跟影片中，那個在一三一號房門前一閃而過的女人如出一轍？」

「嗯……似乎是……」

「雖然影片中的女人和照片中的Monique Loo都只有露出側臉，但平心而論，這兩個人是不是長得還滿像的？」

「唔……」

「都是深輪廓的東方臉孔，亦中亦西，這不正是歐亞混血兒的外貌特徵嗎？」

「這個……」

「假如我大膽地說，她們兩個是同一人呢？」

「同一人？同一個人？真有像到那種地步嗎？」

孫元泰點點頭：「有沒有可能？」

「這……一個一九一三出生、一零零六年過世的女人，會以二十多歲的年輕樣貌，出現在今年的十二月十三日零點十三分，艾德華豪舍的飯店裡？」薛品勇用力眨著眼：「夭壽。我活到四十多歲，還沒碰過這麼扯的事……」

「這總比葛教授是死於鬼魂之手，合理得多吧？」

孫元泰也知道，他自己在說的是風涼話。

「一點也沒有、一點也沒有。」薛品勇反駁道：「孫老師，你的意思是，Monique Loo本人，以及她那支底部刻有她名字的中國金髮簪，都一起搭乘時光機器穿越時空，來到了現代？」

「如果穿越時空這件事成真的話，那麼我判斷，搭乘時光機器的只有Monique Loo本人，而沒有那支金髮簪。」

「沒有金髮簪？那麼，它是怎麼出現在一三一四號房內，並且被刺入葛教授後腦的？」

孫元泰將他胖胖的雙臂交抱在胸前。

「答案在Monique Loo的信中。」

「……什麼？」

「就在Monique Loo過世的那一年，數以千計C. T. Loo與人往來的信件與照片在法國被公諸於世。其中有一封是一九三六年，Monique Loo人在中國時寫來的信。

「一九三六年，二十三歲的Monique Loo獨自來到中國待了三個月，來回於北京與上海之間，為父親的公司看貨兼找貨。

「當時中國大城市的治安並不好。雖然有C. T. Loo請託的什麼吳姓、廖姓朋友以及艾伯特一家代為關照，但在某個冬夜裡，Monique Loo還是不幸遇劫了。」

「她被搶啦？」

「遇劫的地點，就在上海法租界內知名的霞飛路上。除了錢財以外，Monique Loo在寫給父親的信中特別提到，劫匪還一併搶走了她從法國帶來的、配戴在頭上而刻有她名字的一支金髮簪，那是她自小至為珍愛的寶貝……」

「金髮簪？天啊，聽到這裡，我全身的汗毛都要豎起來了。」

孫元泰走到書櫃前找了找，從橫躺的書堆中抓出某本黑色封面與封底的書，翻到某一頁後，逕自將內文唸了出來。

這次的中國行，讓我真確體會到入貨的辛勞。原來，要成交一件物品而斬獲喜悅，竟然得嚐遍如此多的苦。

而更苦的事還在後面：我永遠也無法與我那支最愛的髮簪，再續前緣了。

您知道嗎？就是那支以純金打造、您常常戲稱說很像是把埃及的金字塔去掉一個側面後縮小，接著再抓住頭、尾用力往上、下兩個方向拉扯後的那支髮簪。

不，您別誤解。金髮簪並不是被我漫不經心給弄丟的，而是某個晚上，在上海的霞飛路上被搶走的。

那個中國劫匪的年齡很輕，身手也很矯健。走在路上的我只是被他從後撞了一下，懷中的包包就整個教他扯走了。

一溜煙，他就淹沒在夜色之中。我那支金髮簪，就放在包包裡……

您一定會說，東西被搶走沒什麼，只要人平安無事便好。可是，這一次的情況有所不同。如果要問我什麼是這個世上我最珍愛的事物，我自己與我們家人的性命再往後，就是那支金髮簪了。

您應該不知道，我七歲那年，您將那支金髮簪送給我當生日禮物時，我還特地為它起了個名字呢。

是的，它有名字；我叫它François。

您沒有看錯，這是一個法國男性的名字。我知道長久以來，您一直以您膝下只有四個女兒而沒有兒子為憾。雖然您離居中國多年，但傳宗接代的古老觀念，仍然深埋在您的內心深處揮之不去。

所以，我才叫它François，將它當作您的小兒子、我的幼弟。

比起那三位真人妹妹，我可能還喜歡這位幼弟多些。因為他既不會吵、也不會鬧，總是忠實地相伴在我的左右，賜給我人生的熱情與勇氣。

沒想到，才做了十來年的姊弟，François就這樣與我天人永隔了。

我已經向當地警局報了案。但艾伯特告訴我，在中國像這樣的搶案，想要失物被順利地找回來，不如晚上自己做一場夢還比較快。

François，我好想念你啊……

我恨、我恨那個天殺的劫匪。

而且，也憎恨著這裡。除非是為了找回François，否則我這一生都只想繼續待在歐洲與美洲，再也不想要回到這個傷心地了……

聽得薛品勇渾身抖了抖。

他問道：「孫老師，網路上找得到Monique Loo那支金髮簪的照片嗎？」

孫元泰將黑皮書放還書櫃，回座道：「很遺憾。我找過，但找不到。」

「你手頭上有那支金髮簪的實體照片嗎？比如從書籍或是雜誌上……」

「也沒有。」

「這樣，就死無對證了……」

「不過，應該在你的手機裡有。」

「有什麼？」

「Monique Loo那支金髮簪的照片啊。」

「孫老師，那是兇器的照片呀。」

「兇器就是Monique Loo的那支金髮簪，不會錯的。」

「阿娘喂……」

「你說，是不是很巧？」

「那支細長三角錐形狀的兇器，真的就是Monique Loo被搶走的那支金髮簪嗎？我不相信有那麼巧的事、我不相信有那麼巧的事……」薛品勇中邪似地喃喃自語：「對了，孫老師，剛才你給我看的那張Monique Loo身穿中式服裝的照片中，她是否有配戴那支金髮簪呢？」

「沒有。」

「沒有呀？」

「因此，那張照片是一九三七年拍的。當時，那支金髮簪已經在前一年被搶走了。」

「厚！怎麼那麼『詿死』？」

「換言之，從一九三六年之後，那支金髮簪就銷聲匿跡，再也沒有出現在這個世上過了，直到……」

「直到三天前，它被刺入葛教授的後腦？這未免也太……也太離奇了。」薛品勇搖手後，又放下雙掌道：「可是，根本沒進入過一三一四號房內的Monique Loo，是如何下手殺人的？」

「薛刑警，監視器拍到的是一三一四號房的房門外。至於房內發生了什麼，監視器拍不到，對不對？」

「能拍到的話，現在就破案了。」

「說不定，時光機器把Monique Loo直接送進了監視器拍不到的一三一四號房內了？」

「什麼啊？」薛品勇不敢置信：「孫老師，我們到底是在查案，還是在討論科幻電影的劇情啊？太離譜了！那麼，Monique Loo殺完人後，她是怎麼脫身的？一樣坐時光機器回去她的時代，還是繼續留在現代？」

「這些問題，我可就……」

「如果她還在現代，她是怎麼離開一三一四號房的？影片中，她從一三一四號房的房門口一閃而過，那又是怎麼回事？」

「這也問倒我了。可能是，葛教授的時光機器出了什麼毛病吧？」

薛品勇咋舌道：「孫老師，你該不會是跟那位畢生投注在研發時光機器的加州理工學院的莊大猷教授混得太久，而被他給澈底洗腦了吧？」

「薛刑警，你別緊張，我還是有理智的，並沒有發瘋。我剛剛說的，只是一種前提建立在『穿越時空成真』的可能性而已。」孫元泰安撫薛品勇：「再下來，我們來討論討論別的可能性吧。」

「什麼樣的可能性？」

「前提建立在『穿越時空無法成真』的可能性。」

「這種可能性才像話嘛。」

薛品勇的嘴角鬆弛，露出「得救了」的表情。

「我們來整理一下本案的重點吧。薛刑警，你們在案發現場總共採集到六組指紋：一組是葛教授自己的、四組是飯店清潔人員的，還有一組的主人身分不詳。是這樣沒錯吧？」

「正確。」

「你們還有採集到毛髮、唾液或其他的證據嗎？」

「只有在房內再採集到葛教授的毛髮而已。」

「因此，那組身分不詳的指紋，有可能是兇手留下的？」

「有可能，但是也不能太樂觀……」

「葛教授的死亡時間，被法醫推斷為十二日晚上十一點到十三日凌晨一點。在這段時間內，根據監視器拍到的畫面，葛教授全程都待在一三一四號房內，沒有踏出過房門一步，是嗎？」

「正確。」

「在這段時間內，根據監視器拍到的畫面，也沒有任何一個人，包括當時已離開飯店的我與莊大猷教授，踏進過一三一四號房內，是嗎？」

「正確。」

「能從窗戶潛入一三一四號房的可能性，也被完全排除了？」

「可以這麼說。」

「依照你們的調查結果，有人預先躲藏在一三一四號房內的可能性，也微乎其微？」

「微乎其微。」

「從葛教授後腦的傷勢判斷，他自殺的可能性，機率也……」

「幾乎是零。」

「況且，也找不出他自殺的動機。因為莊教授轉述過，一個月前，葛教授的研究才有了突破性的進展；而他第一次來台灣，卻在上台發表論文前就自尋短見？這似乎一點也說不通。」

薛品勇搖頭附和：「說不通、說不通。」

「因此結論就是：葛教授被他殺身亡時，一三一四號房內的現場，只有他一個人在？」

「除非，孫老師你說的那位Monique Loo被時光機器直接送到一三一四後房內……」

「接著，我們再退而求其次，看看在葛教授十二日晚上十一點到十三日凌晨一點的死亡時間內，有哪些『可疑份子』曾經『接近』過他的房間。」

「過濾監視器畫面的結果，這樣的『可疑份子』，加起來有十五位。」

「除了那位Monique Loo，不，我應該持平地說，疑似Monique Loo的年輕女人外，剩下的十四位都是艾德華豪舍飯店的房客。」

「正確。」

「那十四位房客都分屬於什麼樣的國籍啊？」

薛品勇翻了翻他的小筆記本。

「有兩位美國人、兩位日本人、四位韓國人、三位香港人，以及三位陸客。」

「他們有人認識葛教授嗎？」

「他們全都否認。」

「香港人與陸客也不認識？」

「香港人是銀行行員，而三位陸客都是做生意的。他們說，平常完全都沒有在接觸什麼國際物理學界的訊息……」

孫元泰頷首道：「這也很合理。『物理學家』以前不是、現在不是、未來也不會是一般普羅大眾關注的焦點。那兩位美國人呢？」

「美國人？為什麼要問美國人？」

「因為，葛教授過去曾經在美國待了一段不算短的時間，說不定老美有聽過他的名號。」

「孫老師你想太多了。」薛品勇說：「那兩位美國人，才只是高中生而已……」

「高中生？」

「一個十六歲、一個十七歲……」

「我知道了、我知道了。以前我看過新聞報導，他們連美國的鄰國墨西哥在地圖上的位置都指不太出來，甚至於美國總統的名字也都會拼錯。所以，一位華裔物理學家的事，即使問他們也是白問……」

「正確。」

「所以，那十四位房客……」

「事實上，目前據我們瞭解，對那十四位房客來說，葛教授是一個跟他們完全沒有交集的陌生人。」

「這麼說，他們也全都缺乏殺害葛教授的動機了？」

「目前據我們瞭解，就是如此。」

「這樣，就顯得那位疑似Monique Loo的年輕女人更可疑了……」

薛品勇點頭闔上小筆記本後，對孫元泰宣佈：

「在請教過孫老師的寶貴意見後，下一步我們有兩個重要的偵辦方向。」

「請說。」

「一個，是全力追查影片中那位年輕女人的下落。她到底是誰？從哪裡、什麼時候進入艾德華豪舍飯店的？她與葛教授兩個人是什麼關係？奇裝異服的原因為何？在一三一四號房內的最後一組不明指紋，是否就是她所留下的？」

「另一個偵辦方向呢？」

「另一個，就是從兇器上頭尋找線索。那支金髮簪究竟是什來歷？是在哪個年份被製造出來的？擁有過的主人是誰？上一次出現，是在什麼時候？」薛品勇苦著臉：「這些問題的答案，不曉得我們要再向多少位專家求助，才能水落石出……」

「我這邊有一些國外古物鑑定單位的電話號碼，或許你用得著……」

「有電話號碼嗎？謝謝。而且，多虧孫老師深厚的藝術專業知識，幫忙點出了金髮簪來歷的可能性。否則，我們真的就會像無頭蒼蠅一樣，不知從何查起……」

「不用客氣。不過，薛刑警……」

「如何？」

「假如古物專家鑑定的結果，正巧被我給『言中』了呢？」

「『嚴重』？」薛品勇怔了怔：「孫老師是說，假如葛教授的命案一直拖下去而無法真相大白的話，會很『嚴重』嗎？」

「不是，你誤會了。我是說，如果古物專家鑑定的結果，那支兇器的主人真的就是Monique Loo呢？」孫元泰說：「那位在一九三六年被搶走金髮簪、並且於二零零六年過世的中法混血Monique Loo……」

薛品勇瘦長的臉上，一陣青一陣白。

「那也不能證明那位Monique Loo就是殺害葛教授的兇手啊。」

「是也沒錯啦……」

「既然Monique Loo的金髮簪早已不在她身邊了，那麼殺害葛教授的兇手，應該就是當初搶走金髮簪的劫匪，或是劫匪的朋友、子孫，或者是後來輾轉得到那支金髮簪的任何人……」

「其次，如果你們追查的結果，影片中的那位年輕女人，的確是Monique Loo本人呢？」

「怎麼可能？怎麼可能？怎麼可能？」

薛品勇有點失控，一連重複了三次。

「或者保守一點，是Monique Loo那個時代的人呢？」

「孫老師，你這種講法，並沒有保守哪裡去啊！」

孫元泰狡黠地笑了笑，說：

「薛刑警，關於本案，我有一個大膽的假設。」

「還有大膽的假設？孫老師連時光機器都搬出來了，還不夠大膽啊？」

而且，也憎恨著這裡。除非是為了找回François，否則我這一生都只想繼續待在歐洲與美洲，再也不想要回到這個傷心地了……

「薛刑警，還記得Monique Loo在寫給她父親C. T. Loo的信中，這最後一段文字嗎？」

「嗯。剛剛才聽孫老師唸過，還有印象。」

「薛刑警聽出這段文字的弦外之音了嗎？」

「弦外之音？」薛品勇張大眼：「那不就是做女兒的在向父親鬧情緒嗎？」

「『我這一生都只想繼續待在歐洲與美洲，再也不想要回到這個傷心地了』。」

「是呀。所以咧？」

「請注意這項但書：『除非是為了找回François』。」

「那怎樣咧？」

「Monique Loo許下誓言，從中國回去後，她這一輩子都要繼續待在歐洲與美洲。」孫元泰豎起右手食指：「但是，如果是為了找回François的緣故，那就可以離開歐洲與美洲，回到她被搶走金髮簪的傷心地了……」

「孫老師，我還是不明白你想表達什麼？」

「如果，如果影片中的那個年輕女人不是別人，就是Monique Loo的話，薛刑警你想，她不惜穿越時空『回來』這裡做什麼？」

「『回來』？這裡是台北，又不是上海！」

「薛刑警，你有聽過『刻舟求劍』這句成語嗎？古時候有人在水上划著小舟，不慎將身上的配劍掉落在水裡了……」

「孫老師又要上課了嗎？好像有聽過，又好像沒聽過……」

「於是，那個人就在配劍掉落處的舟身上做了個記號，準備過一段時間後，再來順著那個記號下水找劍。」孫元泰說：「殊不知，水會流動、舟也會移動，也意味著我們所處的環境中，存在許多變數。等到過一段時間後，配劍不見得還在原來的掉落處；順著那個記號找，往往也已經找不到了。」

「我確定了！我沒有聽過這句成語。」

「換句話說，在上海掉的金髮簪，不見得還會一直在上海啊。尤其他是被搶走的，有極大的可能，是被帶到外地去了。」

「誰知道它被帶到哪裡去了？」

「如果殺害葛教授的兇器，最終被證實就是Monique Loo的那支金髮簪，『她的幼弟François』，那麼謎底不就揭曉了？」

「謎底……」

「一九三六年在上海被搶走的那支金髮簪，八十年後，被帶到了台北。」

「孫老師，不得不說，你的想像力真是夠豐富的。」

「因此，我認為這就是Monique Loo甘願離開歐美的原因。」

「什麼？」
「她是因為獲悉了François的下落，所以才選擇坐時光機器而來的。」
「什麼呀？」
「你還不懂嗎？」
「孫老師是說，Monique Loo預知那支金髮簪在台北，而且就在艾德華豪舍飯店？」
「而且，就在葛教授身上！」孫元泰握拳高呼：「Monique Loo就是為了搶回她的金髮簪，所以才會下手殺害葛教授！這就是兇手的犯案動機！」
薛品勇聽了，全身無力。
「我要昏倒了。孫老師，如果我這樣結案，你覺得我還有可能在警界幹到退休嗎？應該第二天，就被市政府警察局刑事警察大隊給掃地出門了吧？」
「你不同意我的推理？」
「我……實在……」
「好，那麼請薛刑警你告訴我，關於葛教授命案的兇手，以及兇手犯案的動機，你還有其他更好的解釋嗎？」
瞬時，薛品勇語塞了數秒鐘。
「目前是沒有啦。但是，等到我們釐清了影片中的年輕女人以及兇器之後，應該就會柳暗花明了。」
「但願如此啊。」
「但願如此。」
「其實我自己也很不希望，最後是以我這套『穿越時空說』破案的。畢竟我們誰也沒有親眼看過時光機器，更不用說是見識時光機器的威力，活生生體驗一趟時空旅行了……」

孫元泰解讀薛品勇無聲的嘴形，應該是「那還用說嗎」這五個字。

「此外，我還想從莊大猷教授那裡多瞭解一下葛教授這個人。瞭解得愈多，我相信愈有助於破案。」

「莊教授好像有跟薛刑警說過，他只在台灣待一個星期，就要回美國去了。」

「我記得他說過。」

「中間還有三天的華人相對論雙年會。今天雙年會閉幕後，再過兩天他就要上飛機了，薛刑警可得把握時間。」

「我還想從莊教授那裡，瞭解一下葛教授的研究。因為我們一般人對物理學的認知，實在是太貧乏了……」

「這對破案有任何幫助嗎？」

「孫老師，你的『穿越時空說』，不就紮紮實實地奠基於葛教授的研究之上嗎？」

「喔，也對。」

薛品勇看了看手機上的時刻。

「時候不早了，已經打擾孫老師很久啦。」他邊說邊收小筆記本：「雙年會閉幕的時間是六點。我打算五點半，就先去會場等莊教授……」

孫元泰偏頭看錶後，嚇了一跳。

「哇，四點啦？我們聊了那麼久？時間真的已經不早了。我該去上課啦……」

「抱歉佔用孫老師的寶貴時間……」

「別這麼說、別這麼說……」
突然，薛品勇的手機鈴聲響起，是「二姊」的歌。
他接聽後，講沒幾句，臉色就遽變，連在旁的孫元泰也意識到苗頭不對。
「發生什麼事了？」
薛品勇掛斷電話後，孫元泰問。
「大條了……」
「怎麼啦？」
薛品勇擠著面孔。
「雙年會……那個華人相對論雙年會，出事了。」
「出事了？怎麼會這樣？」
「現在情況還不是很明朗。不過，雙年會的會場應該是發生毒氣攻擊事件了。」
「毒氣？」幸好孫元泰沒有罹患近視，不曾配戴過眼鏡，否則現在想必是鏡片碎滿地：「在我們台灣？是恐怖份子所為嗎？」
「目前還不太清楚。」
薛品勇的表情很複雜。
「我們怎麼會變成恐怖份子下手的目標呢？死傷情況怎麼樣？」
「就我從電話裡聽來的訊息，似乎不輕。」
「不輕？那小莊，不，莊教授……」
「傷者都已經被送往台大醫院了；會場的毒氣，也已經在清理中了。」薛品勇從沙發站了起來：

「我現在要趕去醫院。孫老師要同行嗎？」

「我有課耶。可是，我想去……」

孫元泰支支吾吾。

「那種事，請假不就好了？」

「請假還要另外跟學生『喬』時間補課，很麻煩的。不、不，小莊的安危，還是要緊得多……」孫元泰下定決心：「好吧！薛刑警，你稍等我一下，我打電話向助教請假……」

南京（之二）

3

金陵女子文理學院的代理校長華群女士留著一頭捲曲的短髮，近視眼鏡後的一對大眼睛裡滿是疲倦。幾個星期下來，她原本豐腴的圓臉龐就與艾拉培先生的一樣，都快速消瘦了不少。當艾拉培先生一行踏進校長辦公室時，田百壽可以從她垂在腰間的顫抖十指以及走了音的講話聲調，聽出她滿腔的怨怒與激憤。

「約翰，我們的主席先生，你終於來了。請坐、請坐……」

華群女士直呼艾拉培先生的德文名字，並冠以他在南京國際安全區的職銜。

「我們站著就行啦。Wilhelmina，我說真的，妳太辛勞了。我看，妳要不要先從學校請個幾天假，調養調養身體？」

艾拉培先生也改以英語交談，並也直呼華群女士的英文名字。

這些在一九三七年十二月份還滯留在南京的歐美人士，為了他們心目中神聖的人道使命，無形中已培養出超越國籍的厚實情感來。

華群女士搖著頭，推辭道：「調養身體？請假？不。約翰，當我人還在工作的崗位上時，都會發生這種事情了；如果我再為了一己之私而擅離職守，等我銷假回校時，這座校園裡不知還能倖存幾位學生下來？」

她的控訴完全站得住腳，教艾拉培先生無話可說。

他只好問明道：「Wilhelmina，告訴我，學校這邊到底發生了什麼事情了？」

他一問完，華群女士就紅起眼眶。

「今天中午，『他們』闖進教室裡頭，強行擄走了我十五名學生。」

田百壽當然曉得，「他們」二字指的是誰。

「什麼？」艾拉培先生動了肝火：「對婦女下手，就已經很不應該了；連妳的學生都受害，這實在是……」

「而且約翰，這裡是安全區，安全區耶！他們也能看得懂中文字，不是嗎？」

「他們好像只能看懂一部分的中文字……」

「其中應該也包括『安全』這兩個字吧？」華群女士聲淚俱下：「為什麼他們還能堂而皇之地闖進來呢？」

「他們……」

「你不是跟大使館的福田先生那邊，都已經約法三章過了嗎？」

「Minnie。」艾拉培先生喊起華群女士的暱稱來：「妳也知道，現在是戰爭時期，軍隊的行為，有時候像福田先生這樣的外交使節也愛莫能助……」

「你是在為他們開脫嗎？你們兩個國家的結盟關係，讓你決定選邊站了嗎？」

艾拉培先生搖搖頭，義正詞嚴道：「Minnie，這絕不是事實。」

「不是嗎？」

「我如果真的這麼決定，就不會留在南京，也不會接下安全區主席這吃力不討好的職務了，對不對？」

「……」

「就算我們兩個國家有結盟關係好了，我也只是一介企業的僱員。妳真以為我喜歡一天到晚與他們的親王、軍人與大使們打交道嗎？一點也不！」

「我知道。約翰，我只是太生氣而口不擇言了，對不起。」

華群女士稍平復了情緒後，向艾拉培先生道了歉。

艾拉培先生並不在意：「Minnie，那十五名被擄走的學生……還活著嗎？」

華群女士點點頭。

「還活著。那麼，她們都毫髮無傷地回來了嗎？」

「回是回來了。但，你也知道……」

華群女士摀起嘴，話接不下去。

「有人受了傷？」

「被抓去做那種事，身上難免受創；但相形之下，心靈的受創更難平撫。遑論，她們都還那麼年輕……」

「你指望我怎麼做，Minnie？」

艾拉培先生徵詢道。華群女士說：「我指望你能再跑一趟大使館。」

「再跑一趟嗎？」

艾拉培先生輕嘆一聲。現階段諸事如麻，大使館之行，對他而言是卻之不得的苦差事。

「然後……」

她忽然住嘴，眼神往田百壽身上飄了飄。

想必是她有些機密，不願讓精通英語的田百壽聽到。艾拉培先生心領神會後，對田百壽說：「抱歉。田，可以請你先到魏特琳女士的辦公室外面等我嗎？」

田百壽並無被冒犯之感。因為在這種亂世裡，多一事不如少一事；同樣地，多知一事，不如少知一事。

於是，他逆來順受道：「好的。」

4

田百壽退出華群女士的辦公室後，沒忘了也帶上辦公室的門。

他一個人站在空蕩蕩的走廊上，閒來無事，就開始踱起步來。先從走廊的這一頭踱到那一頭；再從走廊的那一頭，踱回到這一頭。

踱完步後，辦公室的門仍紋風不動。

看樣子，華群女士要向艾拉培先生商量的機密應該非同小可。田百壽片面揣測，內情可能跟剛剛他們提及的「親王」有關。

他從前幾天艾拉培先生與其他安全區委員的交談中得知，敵軍的代理司令是名皇族。也許華群女士要艾拉培先生交涉的對象，已經從福田大使改為那名皇族了。

只要能終止這場戰爭，結束南京百姓的苦痛，不管向誰交涉，艾拉培先生應該都不會計較。

不過……

皇族的身分不比平民。與這樣的人交涉，風險自然不低。檯面下赤裸裸的權衡計算，倒也是必要之惡。

這或許就是華群女士要田百壽迴避的原因。

無論是什麼原因，他都不想再踱來踱去勞動自己的筋骨了。他倚著走廊一側的牆，憑窗向外眺望。

這一個月來，南京的天空一直是烏雲罩頂，能見度極差，今日也不例外。

再往下看，在金陵女子文理學院的校園裡，無分各棟樓館的階梯上、小型的廣場上還是綠草坪上，只要是能容納得下人的空間，全都塞滿了男女老幼的「難民」們。

人滿為患。他們無所事事，各個只是棲息在原地呼吸著、苟活者，如此而已。

由於金陵女子文理學院被劃歸於非軍事化的國際安全區之內，因此有成千上萬原居於安全區外的南京百姓寧願降格為難民，攜帶著簡陋的家當，蜂湧入校園內圖存求生。

田百壽想，如果自己不是西門子公司的員工，又沒能及時逃回上海與家人相聚的話，免不了也會是在這難民中的一份子吧。

免不了也會在此呼吸著、苟活者吧。這份亂世中的幸運，當真比什麼寶物都來得可貴。

正暗自惜福之際，他四下游移的視線，忽地停駐在遠方的某處。

那是一間蒼灰色的屋子。

物理學家的札記（之二）

C

祖母在跟我們同住之前，身體就已經很不好了。

她從早年起，就有心臟方面的毛病。聽父親說，祖母在抗戰的那些歲月裡吃過不少苦頭。尤其是戰爭初期，她人就在南京讀大學，被最慘烈、最醜惡的經歷洗禮過，除了生理的創痛之外，加諸心理的傷害，更是難以磨滅。

正因為如此，養成了她堅毅卓絕的性格。以前管教起我父親來，她每每不假辭色；一言既出，絕不更改，沒有任何商榷的餘地。對於一些被她評為無謂的事情，她也絕不戀棧。

譬如，與已變了心的祖父，繼續維持雙方的婚姻。

離婚後，父親便將她接來與我們同住。由於她路走多了就會喘，所以，大部分的時間她都關在自己的房間裡，大門不出、二門不邁地，玩玩紙牌、讀讀小說什麼地排遣度日。

不過，她對待媳婦，也就是我母親時也很嚴格，該遵守的規矩多如牛毛，家中什麼什麼事情該做、什麼什麼事情不該做云云。我母親的腦子不夠靈光，怎麼記都記不牢。

「對不起，媽……」、「對不起，媽……」

這是母親常掛在嘴邊的話。

在同一個屋簷下，唯獨對我，這位僅有的孫，祖母她是疼愛有加。終其一生，她從沒對我說過半句重話。

有趣的是，每當我父親把他小時候被管教的那一套在我身上如法泡製時，就會遭到祖母大聲叱責。對獨生子殷殷期望的雙親給我的束縛愈緊，祖母鬆綁我的力道就反之愈強。舉例來說，祖母常常暗地裡塞錢給我，要我只管去買我想買的玩意兒，別讓我雙親知道。

「不過，要是他們知道了，我也有法治他們。」

我最喜歡、最喜歡祖母這時候仰起頭、舒展著雙眉對我許諾的堅決表情了。那讓我覺得，眼前的老婦人是我最忠實的守護者與避風港，是我永遠可以信賴與倚靠的對象。

日後，我在Caltech求學與工作時經常想到這一段。對我來說，祖母的那副表情，那副義無反顧寵溺我的表情，就像洛杉磯的陽光一樣燦爛。

我何其有幸。

還有一次，約莫是在我十歲左右，我生了一場重病，上吐下瀉，全身高燒不止。時值風雨交加之夜。父親看看窗外，以天候不佳為由，想說撐到第二天早上，再把我給送到醫院去。詎料祖母一聽二話不說，罔顧她孱弱的身軀，竟振臂抱起我來，把雙親嚇得魂飛魄散，直問老母親這番拼命是要做什麼。

「救我的孫啊。」她訓斥兒子、媳婦道：「你們不肯救他，要放他自生自滅。我若再袖手旁觀，還像話嗎？」

父親連忙求饒，請祖母放下我來。老母親要是出力過猛，因而有個三長兩短，做兒子的他可承擔不起。

「那麼，你救是不救他？」

祖母的問話半是恫嚇，半是命令。

「我救、我救……」

祖母放下我後，父親當即抱起滾燙的我，冒雨趕去醫院救診。事後，祖母也因抱我時胸口悶痛兼肌肉拉傷，在床上躺了一個星期。

「她呀，完全是豁出自己的生命來保衛著你呢。」

母親說。她對祖母的評語一針見血，我百分之百認同。

台北（之三）

14

一路上，孫元泰駕駛著自己的五門掀背休旅車跟在薛品勇的車後，於晚間六點到達台大醫院。

台大醫院位於中山南路上的急診室外一片混亂，摩托車、私家車、救護車、警車與媒體的ＳＮＧ車全打結在一塊兒而動彈不得。人潮源源不絕，有的穿梭在車與車間的縫隙；有的則雜沓在急診室的門口進進出出。

「我的媽呀……」

孫元泰不禁慶幸，有薛品勇這樣的刑警在前面幫忙開道，並張羅停車的空間。否則，要是他單槍匹馬而來，他的休旅車根本連醫院都接近不了，更別說是下車探視莊大猷了。

隨著人潮擠進醫院後，薛品勇為孫元泰問到了莊大猷的手術房位置。

「中毒時，莊教授摔到地上，造成左臂骨折。」薛品勇把問到的情況告知孫元泰：「現在正在開刀呢。」

「他中的毒如何了？」

「還在處理中。」薛品勇一面撥著手機，一面說：「孫老師，我就先告退了，還得去關懷其他被毒氣攻擊的傷患呢。」

「謝謝，你忙、你忙。感恩啊……」

薛品勇走後，孫元泰找到手術房的位置，便隻身坐在手術房外的塑膠椅上發著呆。
誰也想不到，一場單純的物理學術會議，竟然會釀成這樣的災難。
肚子咕嚕咕嚕直叫。孫元泰從外套口袋裡拿出一個被壓扁的波羅麵包，食之無味地嚼著。
塞完牙縫後，也不知道過了多久，他的耳畔響起了一絲男聲。
「孫元泰老師？是孫元泰老師嗎？」
恍惚間，孫元泰將脖子順著男聲的方向轉去。只見在通往手術房的走廊中間，站立著一個二十八、九歲左右的年輕男人。
年輕男人戴黑框眼鏡，穿著一件卡其色的寬領外衣與牛仔褲，肩上斜背著一個走運動風的黑色包包。他留左分的髮型，有張像韓國大叔宋康昊一樣的寬臉。
……那張臉，孫元泰似曾相識。「你是……？」
年輕男人向孫元泰走近。
「您就是，在至正大學中文系任教的孫元泰老師吧？」
「我是。你……」孫元泰想起來了：「你是那位石國賢老師的學生，對吧？晴川大學，物理學系博士班的學生？」
年輕男人在孫元泰右邊的空塑膠椅上坐下。
「孫老師的記憶力不錯呢。三天前，我們才在艾德華豪舍飯店的一頭大廳見過面。不過，我並不是物理學系的博士生喔。」
「咦？是嗎？那天石老師不是在介紹你時，說你是他的學生嗎？」
「我不是『物理』，而是『心理』諮商學系的博士生；也是『理』，但是是『心理』，與『物理』

差一個字。」

年輕男人卸下黑色的斜肩包後，擱在他右邊的空塑膠椅上。

「不同系喔？那麼，石老師為什麼說你是他的學生呢？」

「因為，我是有上過他的課沒錯啦。」年輕男人說：「那是一門大二的通識課。已經是，很多年以前的事了……」

「那麼，多年以後，是怎麼樣的因緣際會，讓你跟隨在石老師的身邊呢？」

年輕男人嘆了口氣。「是money。」

「啊？」

「錢。讓我跟隨在石老師身邊的因緣際會不是別的，就是錢。我缺錢，而石老師在徵求研究計畫的助理，所以……」

「你們自己心理諮商學系裡，沒有提供給學生工讀賺錢的機會嗎？」

「有是有啦。不過，我可能跟姓『許』的人有犯冲到吧？」

「犯冲？什麼意思啊？」

年輕男人苦笑道：

「我們系上的主任叫做許明陽，副主任叫許文郎，孫老師有聽過他們嗎？」

「隔行如隔山呀；恕我不認識他們兩位。」

「我曾經去向他們兩位求助，請他們介紹工讀的機會，他們卻不留情面給了我很低的評價，就把我草草打發走了。」

「是嗎？」

孫元泰心想，跟我講這些幹麼啊？

「後來，我聽說系上有另一位許老師在找研究計畫的助理。當我興沖沖地拿我寫過的論文跑去應徵時，卻也被面善心惡的她狠刮了一頓，只好落荒而逃……」

「我是局外人，不瞭解內情。不過，應該只是你時運不濟吧？」

「不。說起來，我好像也不只是跟姓許的老師犯沖呢。更惡劣的，是我們系上一位留著一撇鬍子的李姓副教授，當初稱讚說我的能力不錯，要聘我當他的首席研究助理，害我懷抱希望等了他兩年，他卻都對我不聞不問。我一去找他，他就用一些牽強的藉口搪塞……」

孫元泰不想再聽下去：「我看，你博士讀得那麼坎坷，要不要直接辦休學算了？」

「休學？」年輕男人將腰一挺：「想都別想。我才不會認輸呢！」

那你就別一直怨天尤人啊。

「但是話又說回來，像研究助理這樣的工作，石國賢老師他為什麼不找唸物理的學生，而要錄用非本科系出身的你呢？」

「很簡單，因為他找不到。」

「找不到？」

年輕男人聳肩道：「孫老師應該不會不曉得，這幾年下來，大學裡所謂『名門正派』的傳統科系，像是政治系啦、經濟系啦、數學系啦、物理系啦、化學系啦這種，都不太受學生青睞，報到率跌得很厲害。」

「嗯，你所言甚是。現在的小孩子想要學的是媒體啦、傳播啦、餐飲啦、觀光啦，這些比較有趣的東西。至於我們中文系，以及歷史系、哲學系的報到率更不用說，只能用慘上加慘來形容。」

「大學部尚且如此，而傳統科系的博士班呢，就更招不滿學生了。」年輕男人說：「石老師徵人徵了半天，一直找不到他們本系合適的博士生人選，就只好找我這種外系的來幫忙啦。」

「原來如此。對啦，同學，要怎麼稱呼你啊？」

孫元泰問完，年輕男人就從黑色斜肩包裡掏出一張名片來，以雙手遞給孫元泰。

「這次沒有石老師來阻攔了。所以孫老師，請指教……」

孫元泰接過名片一看，由上而下印在名片正中央的，是「盧俊彥」三個大字。

他也姓盧？

這位讀心理諮商的博士生，竟然跟從葛教授命案的兇器而牽扯出的C. T. Loo、Monique Loo他們一干人同姓，只能說是無巧不成書；且冥冥之中，自有定數。

然而……

「然而，我怎麼覺得，盧同學你的大名，我好像有點眼熟？」孫元泰皺著眉費盡思量：「而且，似乎是從某個社會案件的報導中得知的……」

盧俊彥瞇起眼睛，莞爾一笑。

「我還在唸碩士班的時候，曾經在一棟苗栗深山上的透天別墅裡，和一群懷舊童玩的同好們經歷過數起兇殺命案……」

孫元泰點了點頭，雙手互拍道：

「我想起來了。是叫做『書卡畫冊』的懷舊童玩吧？」孫元泰說：「那個，我小時候也有收集過呢。」

「沒錯，就是那次的社會案件。」

「如果我沒記錯，你好像在那案子裡出了不少風頭呢。」
「還好啦。算我僥倖，揪出了兇手的真面目。」
「你客氣了……」
登時，孫元泰對盧俊彥刮目相看起來。
「其實，在那樁社會案件的前一年，我租的房間的對門鄰居，還發生過兒子拿水果刀刺殺父親的逆倫案件呢。不過，那件案子並不是被我偵破的就是了。除此之外，前幾年也還有幾起案件……」
遽然，盧俊彥收起眉飛色舞的表情，向孫元泰致歉。
「不好意思，孫老師，我好像講得有點得意忘形了……」
「不要緊、不要緊。倒是，你怎麼會忽然出現在這個地方呢？到多久啦？」
「我嗎？我已經在這邊待上快一個鐘頭了。本來是想去地下美食街吃頓晚飯後再上來的，結果就在走廊上遇到孫老師……」
「好端端地，你跑來醫院幹麼呀？」
「我沒事。」盧俊彥說：「我是因為石老師的緣故才來的。」
孫元泰轉念道：「石老師？難不成，他也有參加華人相對論雙年會？」
「是的。他的研究領域，嚴格來說跟相對論也有沾上一點邊。」
其實，看石國賢三天前在艾德華豪舍飯店時對莊大猷那種畢恭畢敬的態度，多少也可以猜中幾分。
「所以，石老師也中毒了。」
「是的。」
「他目前的情況如何？有生命危險嗎？」

「聽醫生說，那倒不至於。」盧俊彥面色一暗，將放在膝上的雙手交握：「不過他的視力，恐怕是很難救回來了。」

孫元泰聞言，發出一聲悲嘆。

「……沒辦法再看見東西了？怎麼會這麼嚴重？究竟是什麼樣的毒氣啊？」

「我是從好幾位醫生那邊偷聽來的。石老師他們身中的，好像是一種叫做『芥子毒氣』的……」

「『芥子毒氣』？」

是孫元泰前所未聞的怪東西。

盧俊彥拿出他的手機，遞給孫元泰：

「這是我剛剛上網查的。」

芥子毒氣，英文為mustard gas，學名二氯二乙硫醚，又名芥子氣，為具揮發性的液體毒劑，無色或呈微黃色油狀。

芥子毒氣的比重大、溶解度小，在水中時多沉於水底；極易擴散，主要經由皮膚或呼吸道，甚至可透過棉質衣物侵入人體，潛伏期為2~12小時，會直接損傷組織細胞，如皮膚被燒傷後造成紅腫、水皰、流膿與潰爛；呼吸道遭發炎壞死後造成濃痰、咳嗽與呼吸阻礙……

「『眼睛可能失明，其他器官也會被感染』。」孫元泰唸得驚心動魄：「『抗戰時，松滬、徐州與衡陽戰場上也曾被大量使用過芥子毒氣，因而使中國軍民喪命近萬人』……」

他不想再繼續看下去了，便將手機還給盧俊彥。

「如果能及時救治，芥子毒氣的死亡率並不算太高。」

盧俊彥強調。孫元泰以單手撫額，說：

「這究竟是怎麼一回事？好好的一場物理學術會議，為什麼會被八十年前抗戰時被使用過的毒氣搞成這樣？」

「我也很想知道答案啊，孫老師。」

「目前，有多少位學者遭殃啦？」

盧俊彥從他的黑色斜背包中拿出華人相對論雙年會的邀請函來，並從邀請函中抽出雙年會的議程表。

「今天，一共有三個會議時段，分別是上午十點到十二點、下午一點到三點以及四點到六點。每個時段開放兩間會議室的場次，每個場次則各有兩篇論文要發表。」

他對照著議程表說。

「所以一共是三個時段、六個場次、十二篇論文要發表？」

「不，只有八篇論文要發表。」

「咦？為什麼？」孫元泰問：「三個時段、六個場次，每個場次各有兩篇論文要發表，六乘以二不是十二嗎？怎麼會只有八篇呢？剩下的四篇去哪兒了？」

「孫老師，是我沒有講清楚。上午十點到十二點以及下午一點到三點的這兩個時段的四個場次是發表論文；而下午四點到六點只有一個場次，並且沒有發表論文，而是專題演講。」

「喔，原來是這樣。」

「如果把每個場次的主持人、每篇論文的發表人暨評論人以及專題演講的主講者加起來的話，一共有十九個人。」

「所以，莊大猷教授也在今天發表論文的學者行列中了？」

「不，他在第一天的雙年會裡，就已經發表過論文啦。」
「咦？那他今天為什麼會在會場？喔，我知道，他今天一定是坐在台下，聆聽別的學者發表論文……」
「同時，莊教授也是下午四點到六點這個時段裡，專題演講的主講者。」
「喔，難怪啊。因此，今天不幸中毒而被送醫的，就是這十九位學者了？」
「沒有喔。」盧俊彥語出驚人：「今天在會場中毒的，一共有七十幾位。」
「七十幾位？為什麼有那麼多？」
「因為，主辦單位臨時在三點到四點的時段，多塞了一個議程進去。」
「什麼議程？」
「是這一類物理學術會議中難得的輕鬆行程：抽獎摸彩，加上拍全體大合照。」
「什麼？簡直就像是公司行號在辦尾牙或春酒一樣嘛。」
「頭獎，聽說是人人稱羨的高額獎金，我是不知道高到多少啦！所以，主辦單位大聲疾呼，即使是在前兩天的雙年會上已經發表過論文、第三天輪空的學者，也務必要在今天下午的三點到四點重回會場，試試手氣兼合影留念……」
「所以全部七十幾位學者，今天下午就齊聚一堂了？怪不得薛刑警說死傷很慘重。」
「孫老師，報名參加這一屆華人相對論雙年會的學者只有五十三位。去掉已亡故的葛衛東教授，則是五十二位，並沒有到七十幾位那麼多。」
「只有五十二位啊？」
「因為全世界，並沒有那麼多在做有關相對論研究的華人物理學家。」

「既然如此，那為什麼會有七十幾個人中毒呢？」

「多出來的，是在會場擔任工作人員的學生啊。他們有的是大學生、有的是碩士生、有的是博士生。」

「所以學生也……？」

「對的。」

「你這麼一說，我倒是有個唐突的問題。盧同學你，今天沒有在會場嗎？」

「我今天沒有在會場。」

「沒有在的原因是……？」

「石老師的論文是被排在昨天，也就是第二天的雙年會裡發表的。所以，我昨天有去會場。至於今天的抽獎摸彩與大合照，石老師認為那些活動與我無關，就放我一天假，叫我不用去了。」

「還好你沒有去，逃過了一劫。要是你去了的話……」

「還好逃過一劫。要不然，後果真不堪設想。」盧俊彥說得心有餘悸，下巴朝手術室的方向努了努：「要是我今天不甘寂寞跑去會場，此刻在裡面與死神搏鬥的，很可能就有我一份了。」

「大難不死，必有後福啊。」

孫元泰勉勵道。不過，莊大猷可就沒那麼幸運了。

孫元泰暗暗叫苦。他再也忍不住，脫口問了盧俊彥一個如鯁在喉的問題：「盧同學，雖然你今天沒有在會場，但你可曾有打聽到，他們七十幾位是怎麼中毒的？」

盧俊彥靜默了一會兒。

「孫老師，我很想回答你這個問題，但我自己也還沒有打聽到呢。」

「所以，中毒管道不明……」孫元泰點點頭：「我知道了。盧同學，你要不要趕快下樓去吃飯了？」

「孫老師不一起去嗎？」

「我剛剛呀，已經吃過一個波羅麵包了。」

「就只吃了一個波羅麵包啊？那樣不會餓嗎？」

「會餓呀。不過……」孫元泰在自己的肚腩上比了比：「我這種噸位，不節食不行啊。」

盧俊彥發出會心一笑。

「瞭解。那孫老師，祝你節食成功，我先下樓了……」

15

手術後的莊大猷，看上去非常虛弱。

如果不是請薛刑警打電話來疏通過，此時孫元泰也不太可能進入恢復室，戴著口罩探視躺在病床上的莊大猷。

「小莊、小莊，還好嗎？」

「唔……唔……」

孫元泰搬了張椅子，坐在莊大猷的病床旁。

莊大猷手術後的左臂吊著繃帶。左臉上，有一大片也都被包紮得密密實實地。

「都包成這樣了，你還能講話嗎？」

「唔……可以……」

「小莊，你的左臉是怎麼了？」

莊大猷每講一句話，便氣喘噓噓。

「還……還不就是……被……被……」

「中毒了？」

「……嗯。」

「事情到底是怎麼發生的啊？」

「事情……我……我……我也……」

「你是什麼時候，感到自己的身體不太對勁的？」

莊大猷的眼珠子轉了轉，說：「拍……拍照……」

「你們全體與會的學者，一同拍大合照的時候嗎？」

「是拍……拍完之後……」

「拍完之後嗎？那是差不多幾點鐘的事，你還有印象嗎？」

「摸……摸……摸彩是三點多，三點多……三點三十幾分結束。然後，就拍大合照……」

「所以，你是在快四點的時候，感到身體不適的？」

「三點三十幾分……到四點之間。詳細的時刻，我也記不清了……」

「沒關係。當時，只有你一個人感到身體不適嗎？其他人呢？」

莊大猷痛苦地眨著眼。

「三點三十幾分……到四點之間，大家……大家……其他人陸陸續續出現症狀，有的人早……有的人晚……」

「他們的症狀都有哪些呢？」孫元泰回憶他在盧俊彥的手機上所看到的資料：「紅腫？還是潰爛？」

「有……有紅腫，也有潰爛，很……很多人在咳嗽……咳嗽不止。還……還有不少人在哀號……痛得在地上打滾……」

一想像那幅地獄般的悽慘景象，就令孫元泰沒什麼食慾。

「小莊、小莊……」

「唔……」

「我可以再問一個問題嗎？你們現場那麼多的人，是怎麼中毒的呢？」

莊大猷閉上眼。

「怎麼中毒的？別……別問我，我也沒有……頭……頭緒。」

「你也不知道？」

「不知道。糊里糊塗地……就中毒了。」

負責開刀的醫生說，除了骨折之外，莊大猷全身上下只有左臉上的一小塊面積受了毒氣的傷。與會場裡其他體內組織遭到嚴重破壞的傷患相比，已然算是不幸中的大幸了。

「你知道，其他人的傷勢更慘嗎？」

「其他人的……傷勢……我不知道……」

「比如說，你知道石老師嗎？晴川大學物理系的石國賢？」

「……石國賢？」

「晴川大學物理系的石國賢。三天前，我們在艾德華豪舍飯店的一樓大廳裡曾經遇過他。」

「……我知道……他怎麼樣了？」
「聽他的學生說，他可能會終生失明了。」
「終……終生失明？」
「是的，好慘啊。」
「唉，那也是……那也是……」
「不曉得他現在實際的狀況如何了？」
「那也是……命中註定啊……」
孫元泰見莊大猷的氣色似乎有所好轉，便又問道：「小莊，據說主辦單位央求所有報名參加雙年會的學者，今天下午的三點到四點都要在會場裡齊聚一堂，有這回事嗎？」
莊大猷尋思道：「……有……有這回事嗎？應該……有這回事吧。」
「有嗎？」
「因為……要拍大合照嘛，總不能最後……遺漏了誰沒被拍進去吧？」
「所以，每位學者大家無一倖免，全都在會場裡中毒了？」孫元泰打直背脊，說：「這讓我想到葛教授。」
合情合理。但，就因為這樣……
「……葛衛東教授？」
「如果，三天前他不是在他飯店的房間裡遇害的話，只怕他今天也在劫難逃。」
「可能……就像你說的吧……」
孫元泰不勝唏噓道：「雖然我很不願意這麼說，但這幾天下來，你們這些學物理的人，是不是被詛咒了，還是被下蠱了啊？」
「阿泰，別……別亂牽強附會啦……」
「不然，你要怎麼解釋這一切呢？」
「阿泰，我的機票……」
「機票？」
「我的……回程時間，看來是要延後了，得改機票……」
「機票那種小事，我會幫你搞定的。你就安心養傷，別再掛念東掛念西地了。」
「謝謝。阿泰，謝謝……」
「謝什麼？婆婆媽媽的，有什麼好謝的呀？」
「如果不是你，我自己一個人，一定沒辦法……」
「別說了。」孫元泰制止莊大猷道：「小莊，我問你：你覺得，用毒氣攻擊你們的人，有可能是誰啊？」
「是誰？」
「你的心裡，有浮現出什麼人選嗎？」
「這……這難倒我了……」
「有誰，或者有哪個組織、哪個團體，把你們這些以相對論作為研究理論基礎的華人學者視為眼中釘，想要一次斬草除根的呢？」
可能是話講太多了，莊大猷喘著氣，答道：「就算想破了腦袋，我……只能想到，一直找不到專任教職……或遲遲升不了等取得終生教職的同行，才有可能出此下策吧？」

「這樣的人，你有名單嗎？」

「這個……我怎麼可能……」

孫元泰想了想，說：

「以相對論作為研究理論基礎的華人學者，不都已經被全數邀來這屆的雙年會裡了嗎？你所謂找不到專任教職或遲遲升不了等的人，會不會就在其中？」

「阿……阿泰，你是說，下毒的兇手，就是與會的學者之一？」

「我只是這樣揣測罷了。」

「你……有什麼證據嗎？」

「目前什麼證據都還沒有。所以，我只是這樣揣測罷了。」

「怎麼……每次出了事，你都懷疑起……我們的同行？」平躺著的莊大猷擠眉弄眼起來：「葛衛東的命案也是……」

「……是誰？」

「不。在葛衛東的命案裡，我已經推理出新的嫌犯了。」

「你現在有精神、有體力聽我講嗎？」

「我躺在……這裡，也沒有……別的事可做啊。你就講吧！」

於是，孫元泰把幾個鐘頭前在自己的研究室裡，對薛品勇所做的推理和盤托出。

「我認為，刺殺葛衛東的那支兇器，底部刻的Monique L.那個名字，很可能就是二十世紀傳奇中國古物買賣商C. T. Loo的大女兒，Monique Loo。」孫元泰剖析道：「不僅兩個名字是吻合的，而且Monique Loo在一九三六年寫給父親的信中，描述她在上海被搶走的金髮簪外形時，也與那支兇器的特徵一致。」

莊大猷的臉上，慢慢露出吃驚的表情。

「是嗎？那支金髮簪……是她被人給搶走的呀？」

「再者，在飯店監視器拍到的影片中，有一個貌似Monique Loo打扮的年輕女子，在葛衛東死亡的時間範圍內出沒在一三一四號房的房門前。我先澄清，這確有其事，薛刑警都給我看過影片了，可不是我瞎掰的喔！」

「啥？有……有這種事？」

「玄了吧？這不正印證了你一開始時的推理：葛衛東其實是死在他用他研發出的時光機器帶回來的『某人』手裡。」孫元泰宣佈：「而那個『某人』，可能就是Monique Loo。」

「她？我不明白，她……為什麼要下手殺害葛衛東呢？」

「因為，她要奪回她被搶走的金髮簪啊。」

「她那支金髮簪是被葛衛東給搶走的？」

「你醒一醒吧。如果葛衛東能在一九三六年搶走Monique Loo的金髮簪，那他今年應該已經是百歲的人瑞了吧？」

「所以，不可能是他搶的……」

「不過，葛衛東的先人，也許就與那次搶案的劫匪有關。」

「是這樣的嗎？」

「要不，就是葛衛東的先人從劫匪那邊直接或間接獲得金髮簪，再傳給葛衛東的……」

莊大猷的臉色由驚轉喜。他原本灰濁的目光，也轉趨炯炯有神起來。

「因此，這就是葛衛東命案的真相了？阿泰，太佩服啦。如果……我現在不是受傷躺在這裡，一定會……為你鼓掌叫好的。太佩服啦……太佩服啦。這麼一來，所有的疑點就都兜得攏了。」

「只可惜，我還沒能解開葛衛東房內的那三個枕頭，為什麼會被丟棄在一樓外的原因……」

「原因？那……那還有什麼好追究的？我現在就可以告訴你，一定是……葛衛東和那位Monique Loo在肢體衝突的過程中，被順手丟出窗外的。」

「也許吧。小莊，你認為Monique Loo殺完人後，現在躲在哪裡呢？」

「躲在……哪裡？」

「她已經坐時光機器，回去她的時代了嗎？」

「時光機器……是葛衛東研發出來的，又不是我……研發出來的，我怎麼會知道呢？」

「想想看：倘若，Monique Loo還沒有回去她的時代呢？」

「……咦？」

「如果，她還待在現代呢？」

「No way，不……不會吧？」

「我懷疑，你們在會場裡的集體中毒，會不會也和她有關？」

「呃？」

「你們中的是一種叫做芥子毒氣的毒。這是第二次世界大戰時，在中國戰場上被使用過的生化武器……」

「那跟Monique Loo會有什麼瓜葛呢？」

「第二次世界大戰的亞洲戰場，是從幾年打到幾年？」

「這我怎麼可能答不出來？對日抗戰，是從一九三七年打到一九四五年……」

「Monique Loo是一九一三年出生的。一九三七年到一九四五年時，正與她的盛年重疊，是屬於她的時代……」

莊大猷額間的青筋浮凸。

「然而，她……是千金小姐，又不是軍人或革命黨什麼的，怎麼會有辦法取得芥子毒氣那種東西呢？」

「雖然如此，但就時代性而言，她總比我們要容易取得吧？」

「你這種講法，還真是冒進。所以，你認為今天下毒的……兇手，也是她？」

「我是這麼懷疑的。」

莊大猷咳了咳後，說：

「難道她是……女性外形的Terminator T-X，專門前來我們的時代，將可能製造出時光機器的物理學家趕盡殺絕？」

「Terminator T-X？你指的是『魔鬼終結者』電影第三集裡的反派女機器人嗎？」

「……可不是嗎？」

孫元泰哈哈一笑。

「我看，你比我還適合撰寫科幻電影的劇本啊。」他挖苦莊大猷道：「讓我們先小小地回歸現實一下吧。小莊，你這三天都有在雙年會的會場裡吧？」

「這三天？當然囉。每……一天，我都從第一場參加到最後一場呢，全勤。」

「在這三天裡，你有在會場裡發現到什麼可疑人士嗎？」

「可疑……人士？」

「像是神似Monique Loo那樣的年輕女人啊。」

「我認不出……她的長相呀。即使看到了，也不會曉得就是她……」

「她梳著中分的短髮、捲髮梢，穿有排扣的黑色長袖上衣、長裙與寬頭高跟包鞋。」孫元泰形容道：「由於她的母親是法國人，所以生得一副歐亞混血的容貌……」

莊大猷目視著恢復室的天花板，猶豫再三。

「這三天裡，會場……來來去去了很多人，有男的有女的、有老的有小的，看得我眼花撩亂……」

「……有老的有小的？」

「他們都是同行帶回台灣的家人啦。」

「其中，有混血的面孔嗎？」

「像你所形容的模樣嗎？我實在……沒有什麼印象呢。」

「會場裡，有裝設監視器嗎？」

「……這我不很清楚。但最起碼，進門口處……應該是有裝設吧？」

「沒關係。這部分，我再去詢問薛刑警他們。那麼，在這三天的議程裡，可有發生什麼異狀？」

「你指的異狀是？」

「任何不尋常的人、事、物。這樣講，好像很抽象喔？」

「……我不覺得有任何異狀。論文……很順利地一篇接一篇地發表，議程……很順利地一個接一個地進行。」莊大猷回憶：「真要說有什麼異狀的話，就是都已經十二月了，每天都還能被太陽給曬出汗來……」

「台灣的氣候本來就又濕又熱。再加上全球暖化現象，讓每一年的夏季愈來愈長……」
「唉……唉唷……」
「怎麼了？你的傷口還在痛嗎？」
孫元泰問。莊大猷咬緊牙關，說：
「痛……痛得很呢。」
「好吧，那你先休息，我就不吵你了。」
莊大猷半睜開眼，提醒孫元泰：
「機票……別忘了幫我去取消回程的日期與時刻……」
「知道了啦。你不是已經講過了嗎？」
「我怕你忘記……」
「都已經受傷了，你這人怎麼還是那麼囉嗦呀……」

16

隔了一個星期，薛品勇再度於下午時分來到至正大學，造訪孫元泰的研究室。
「原本是想說通個電話就好，以免耽誤孫老師太多時間。後來發覺，有些事情，還是比不上當面溝通來得……」
今天的薛品勇頭戴刑警徽帽、身穿深色刑警背心，行頭看上去專業多了。
「沒關係，反正我下午都有空。」
「那我就不多客套，直接切入正題了……」

「請。」

「孫老師，有關葛教授的命案，我們在專家的協助下，將那支金髮簪進行了X射線的螢光光譜分析。」薛品勇掏出手機，邊滑螢幕邊說：「那是一種對古物的元素成分做定性定量的無損分析。不論是金屬、陶瓷還是玻璃材質，都可以藉此鑑定出古物的真偽、年代與產地……等背景。」

孫元泰想了想，質疑道：

「可是就古物年代的鑑定而言，我知道有一種測量技術應該比X射線的螢光光譜分析更為精準而先進，好像是叫做什麼『碳14半衰期』的……」

「喔，孫老師說的那個呀。」薛品勇翻開他的小筆記本：「正確的名稱，應該是叫做『碳-14測年法』（carbon-14 dating），或是『放射性碳定年法』（Radiocarbon dating）。」

「哇，薛刑警，連英文的原文你都查出來了啦？」

「我可是有備而來的呢。這項技術，得歸功於一九四八年美國芝加哥大學的利比（W. F. Libby）與其研究團隊的貢獻。它的原理是這樣的：由於碳-14是碳的同位素，會以每『五千七百三十年』放射性活性減少一半的速率衰變。因此，透過測量一件古物的碳-14含量，是可以用來估計其約略年齡的。只不過……」

「只不過什麼呢？」

「這項技術，免不了還是會有測量上的誤差，而且較常被用在曾經存活過的生物體上，比如說化石之類的東西，而較少被用在像金髮簪那樣的無生命體上。」薛品勇宣讀著被他抄在小筆記本上的內容：「何況，用五千七百三十年的半衰期來檢測那支金髮簪，似乎也有點小題大作……」

「薛刑警的意思是，那支金髮簪怎麼看也不可能是年代那麼久遠之前的東西就對了？」

「對的。」

「所以殺雞焉用牛刀，那什麼『碳-14測年法』或是『放射性碳定年法』的技術，就派不上用場了。」

「是的。螢光光譜的分析結果，那支金髮簪與百年前同時代同類物品的光譜圖，是極其相符的。」

孫元泰倒吸了一口氣。

「這麼說，我的推斷……」

「還不只是這樣呢。」薛品勇搖搖頭，翻著小筆記本的內頁：「我們還跟寫過一本C. T. Loo傳記的作者，一位法國女士取得了聯繫。」

孫元泰轉頭指了指書櫃：「C. T. Loo的傳記？應該就是上次給你看的那本黑皮書吧。」

「應該就是。那位法國女士既是國際拍賣公司的管理高層，也是C. T. Loo的權威研究者，對他的家族掌故瞭若指掌。據她指稱，Monique Loo這位大小姐長久以來，的確有在自己的飾品上刻印名字的習慣。」

「沒錯嗎？」

「我們將金髮簪的照片寄去給她。她看了照片之後，又與她手邊其他的C. T. Loo家族的老照片做了比對。她告訴我們說，那支金髮簪的主人就是Monique Loo的機率，高達九成以上。」

「九成以上啊？」

「此外，我們還鍥而不捨地再向Monique Loo的家人求證。Monique Loo有一位最小的妹妹，叫做Janine Loo，於二零一三年以九十三歲高齡去世。她與她的第二任丈夫，一位名為Noël Mathieu的詩人所生的女兒Natalie，和我們透過翻譯通了電話。」

「連Monique Loo的外甥女，都能被你們給找到呀？了不起。」

「Natalie透露道，她先前在整理母親的遺物時，發現過她的大阿姨，也就是Monique Loo遺留給母親作紀念的中國髮簪……」

薛品勇將儲存在他手機裡的照片，遞給孫元泰看。

照片中有五支髮簪。每一支髮簪的底部，都被刻上了「Monique L.」的字樣；刻印的款式，也與那支金髮簪不謀而合。

「因此……」

用來殺害葛教授的兇器應該十拿九穩，就是Monique Loo的那支金髮簪了。

薛品勇有默契地點了點頭後，繼續翻著小筆記本，補充道：「並且，Monique Loo的那支金髮簪正如孫老師所言，自一九三六年的搶案之後，就從這個世界上憑空消失，再也沒有出現在任何的文獻記載、照片或是任何一場拍賣會中了。」

孫元泰對薛品勇豎起大拇指。

「薛刑警，你們對於兇器的追查，真可以說是成果豐碩呢。」

「還好啦。不過，其他的部分，可就乏善可陳了……」

「其他的部分？譬如說……？」

薛品勇有點不好意思。

「譬如說，被艾德華豪舍飯店的監視器拍到的那個奇裝異服的年輕女人。她的身分，因為要從房客群中逐一過濾，所以進展比較有限。」薛品勇低頭滑了滑手機後，說：「目前，還沒有查到與那個女人年紀與外形相彷的房客，只有……」
「呃？」
「只有昨天得到一條……不是那麼重要的消息。要聽嗎？」
「聽聽看嘛。」
薛品勇舒展了一下肩頸後，面露無奈。
「十二月十二日那天晚上，住在飯店十四樓一四五三號房的一對從美國來的情侶，曾經在飯店接待四位來訪的台灣朋友……」
「是嗎？」
「那四個人都還唸在大學，是同校的戲劇社社員。其中，有一位姓金的女生是中美混血，如此而已……」
「中美混血？有弄到她的照片嗎？」
「已經比對過她在臉書上的照片了。而且，我們還跟她本人見到了面。」薛品勇意興闌珊：「雖然她也是位正妹，但是與影片中的那個年輕女人，並不完全相像。」
「我可以看一下她臉書上的照片嗎？」
「可以啊。她是用她的本名『金素媛』，登錄臉書的。」
薛品勇滑出金素媛的臉書後，將手機遞給孫元泰看。
「不但名字像韓國人，長相也像韓國人……」孫元泰碎唸道：「她真的是混血兒嗎？」
「她說她的外公是美國人。所以，她有四分之一的西方血統……」
「才四分之一啊？難怪。」孫元泰對著臉書上的大頭照琢磨：「臉形跟鼻子是滿像的啦。但她的眼睛，比起影片中的那個年輕女人要來得小，眼尾的弧線也長得不一樣。」
「所以，這應該算是一條烏龍線索就對了。」
「恐怕是。」
孫元泰沒好氣地將手機還給薛品勇。
「至於一三一四號房內的不明指紋……」
「怎麼樣？」
「我們還是沒比對出個結果來，身分依舊不明。」薛品勇垂頭道：「不過，我們有與葛教授在對岸清大實驗室的首席助理，一位賀長鳴博士取得聯絡。我們詢問他，有關葛教授的時光機器『裝置』曾有效運轉的傳言，是否屬實？」
「他是怎麼說的呢？」
「他先反問我們，是從哪裡聽來的？」
「好像不是一個很好搞的人。」
「學科學的人，不都是這樣嗎？」
「也對。」
「我們好說歹說，他才承認，在今年的十一月十七日那天，下午一點四十七分時，葛教授研發的那套『裝置』確實曾有效運轉過半分鐘。」
「他真的成功了啊，可喜可賀……」
「但是，由於還有一些技術性的瑕疵尚待克服，葛教授還沒有正式對外宣揚這項成就。」
「一絲不苟是對的。不過薛刑警，你們有沒有問那位賀博士一個敏感問題？」

「是……？」

「在『裝置』運轉的那半分鐘期間，是否有什麼外來的物體，甚至是『人』，曾經出現在裝置裡？」

薛品勇長嘆一聲。

「雖然聽起來，這真的是一個問了會很丟臉的蠢問題，但我們還是向他發問了。」他低下頭去看小筆記本說：「他的回答是這樣的：當『裝置』有效運轉的時候，只有葛教授一人待在擺放『裝置』的小房間裡。其他研究團隊的成員，則分散在小房間外操作與監控各種儀器。」

「他這回答的意思是……？」

「他說，就顯示在儀器上的各類數據來看，在有效運轉的半分鐘期間，『裝置』內並沒有生命體或非生命體存在的跡象。」

「否定有人藉『裝置』時空旅行的可能性嗎？」

「是的。」

「沒有嗎？可是，數據也有可能被造假呀。」

「孫老師會不會想太多了？」

孫元泰不灰心：

「而且『裝置』運轉時，小房間裡就只有容納葛教授一個人在，這不是顯得很……神祕兮兮的嗎？」

「孫老師的意思是，葛教授一個人在小房間裡搞什麼鬼嗎？」

「會不會呢？」

「這我可就答不上來了。但是賀博士表示，『裝置』有效運轉時，即使是身在小房間外的研究團隊成員，也人人都能感受到在小房間裡手舞足蹈的葛教授激動之情。」

「這是可想而知的了。畢竟他這一生，都在致力研發時光機器呀……」

「賀博士又說，當葛教授從小房間裡出來的時候，還曾得意洋洋地對研究團隊的成員誇口：『你們可知道，是什麼樣的不凡力量，對我在時光機器的研究路上努力不輟起了關鍵作用嗎？』

「當場大家七嘴八舌起來。最後，葛教授用半教訓式的口吻解答：『什麼！才不是你們所說的感情因素呢。我數十年來拼死拼活、孜孜不倦地，就只是為了坐時光機器挽回什麼逝去的不成熟愛情、追回什麼年少輕狂時的戀人啊？你們別看小我了！』

「『我啊，是為了對家族裡一位重要長輩的允諾，才這麼賣命的。』」

「是嗎？」孫元泰對葛教授的家族史興趣缺缺，隨口問道：「是葛教授的雙親吧？」

「賀博士也是這麼問葛教授。葛教授搖頭否認，說：『不是長我一輩的，而是長我兩輩的。』」

「長兩輩？那就是葛教授的祖父母，或是外祖父母囉？」

「賀博士說，當他再繼續追問下去是誰時，葛教授就三緘其口，顧左右而言他了。只聽到葛教授離開實驗室時，口中不斷重複『我總算沒有辜負她對我的期許、我總算沒有辜負她對我的期許』這句話……」

「雖然這條線索滿無聊的，就像人得獎都會感謝自己的家人一樣，不過葛教授的祖父母或是外祖父母，也都已經不在了吧？」

「根據我們得到的消息，都不在了。四人之中，最後一位去世的是他的祖父，二十年前死於肝癌。」薛品勇愈說愈氣餒：「孫老師，撇開葛教授的家人不談，目前看來，我們的進展只是證實了兇器的來源罷了。短期內，葛教授的死可能還是很難結案……」

「不會呀。你們的調查結果，不是朝兇手『穿越時空說』更為接近了一小步嗎？」

「哪有啊？有嗎？最、最好是不要啦……」

「薛刑警，那枕頭咧？」

「枕頭？什麼枕頭？」

薛品勇被孫元泰弄得一頭霧水。

「就是消失在一三一四號房裡的三個枕頭啊。」

「喔，那三個……枕頭啊。孫老師，不是都已經在飯店一樓外的花園裡找齊了嗎？還有什麼問題呢？」

「你們不好奇究竟是誰丟下去的嗎？還有，為什麼要丟呢？」

「孫老師，這兩個問題，我們之前不是討論過了嗎？」

「是討論過，但沒討論出答案呀。」

「孫老師，相信我。」薛品勇對孫元泰比出「拜託、拜託」的抱拳手勢：「這兩個問題的答案，遠比葛教授究竟是為了他的哪一位長輩而研發出時光機器的，還不重要。」

「可是，我不這麼認為耶……」

「孫老師，相信我。」

「可是……」

大概是擔憂再這樣下去沒完沒了，薛品勇很突兀地轉移話題道：

「孫老師，接下來我要報告的是發生在上星期十二月十六日的毒氣攻擊事件。」

「是，我洗耳恭聽……」

「孫老師應該也知道，這一屆華人相對論雙年會是在北華大學體育館一樓的國際會議廳舉行。」薛品勇從手邊簇新的牛皮紙袋裡抽出一張A4大小的紙，交給孫元泰：「這是從網路上列印下來的會場平面圖，給老師作參考。」

「謝謝。」

「整座國際會議廳呈橢圓形。為了雙年會的議程所需，從中間隔出A、B兩個廳來。在兩個廳的門外，連接著一條狹長形的走廊，通往體育館外。」薛品勇伸出食指，為孫元泰在平面圖上解說：「在這條走廊的盡頭，被佈置為雙年會的接待處，供與會的學者簽到，並領取識別證與論文集……」

孫元泰還沒聽完，就迅即插話道：

「你們已經破解出，兇手下毒的手法了嗎？」

「下毒的手法嗎？這個……」

薛品勇掀了掀帽簷。

「兇手是怎麼下毒的呢？」

「必須向孫老師先聲明，我們還沒有排除掉其他的可能。」薛品勇依然改不掉謹言慎行的習慣：「不過，就我們從各種管道收集來的訊息研判，至少似乎是跟與會者在會場裡喝下去的東西有關。」

「喝下去的東西？所以，用來攻擊的芥子毒氣，並不是被釋放在空氣裡了？」

「只能說，目前缺乏芥子毒氣被釋放在空氣裡的事證。」薛品勇說：「相反地，我們倒是發現會場裡供應的飲用水，大有問題。」

「飲用水？是一瓶一瓶裝的礦泉水嗎？」

「不，不是。」薛品勇更正道：「在A、B兩廳的會場外頭，走廊接待處的旁邊放置了一台飲水機，就是有提供熱水、溫水與冰水三類的那種。在飲水機的旁邊則疊有一堆紙杯，供與會者解渴取用。」

「這種飲水機在很多研討會的會場外都有。你們發現了什麼樣的問題呢？」

「飲水機裡的水，被滲入了高濃度的芥子毒氣。」

「所以，大家是因為喝了水而中毒的嗎？可是，現在有不少人可能根本沒有喝水解渴的習慣，而是……」

「喝其他有的沒的飲料嗎？」

「是呀。會場有沒有供應果汁，或是可樂、西打之類的東西？」

「沒有。」

「酒精飲料呢？」

「也沒有。整個會場，就只有供應水和茶。」薛品勇說：「在飲水機的不遠處，還放置了一台裝設有出水龍頭的大型茶桶，供不想喝水而想喝茶的人解渴取用。」

「茶桶裡面裝的茶是？」

「普通的阿薩姆紅茶。」

「如果是這樣的話，被兇手下毒的可能不只是飲水機；也許連阿薩姆紅茶也淪陷了。」

「孫老師判斷得非常對。我們在大型茶桶的裡面，也檢測出殘留的芥子毒氣。」

「還有在其他地方發現殘留的芥子毒氣嗎？」

「沒有了；就是這兩個地方。」

「薛刑警，在毒氣攻擊事件發生的時候，是不是每一位、每一位雙年會的與會的學者都在會場裡呢？」

「就我們掌握的訊息，確是如此。」

「那麼，有任何一位在會場裡的與會者，從毒氣攻擊事件中倖免於難？」

「很遺憾，答案是沒有。」

「是嗎？」

「在這次的攻擊事件中，一共有十五死、五十七傷。如果以與會的五十二位學者而言，一共是十死、四十二傷。」

「所以，沒有一位與會的學者倖免於難？」

「一位也沒有。」

「事發時，之所以每一位學者都在會場，我聽說是因為被主辦單位動員來摸彩抽獎，以及拍大合照的結果……」

「是的，孫老師的情報很正確。」

「可是，芥子毒氣只有被添加在飲水機與茶桶裡這兩個地方，對不對？」

「對的。」

孫元泰心生疑竇：「難道就沒有任何一位與會者既不喝會場供應的茶、也不碰會場供應的水嗎？為什麼到頭來，每一位與會者都中毒了呢？」

「孫老師問得太好了。」薛品勇不禁點頭稱許：「那是因為在摸彩抽獎前，主辦單位要求會場裡的所有人『舉杯』的緣故。」

「『舉杯』」
「當天在差不多三點十分的時候，司儀見與會者都到齊得差不多了，便請會場裡的所有人都到飲水機與茶桶邊排隊，以茶、水代酒，一起舉杯慶賀『華人相對論雙年會』論文發表的部分圓滿結束……」
「夭壽……」
「同時也藉茶、水預祝大家等一會兒抽獎時，都能有個好手氣……」
「這樣聽來，拱大家喝下芥子毒氣的司儀，豈不是非常可疑？」
「可是，她只是主辦單位北華大學物理學系的一位碩士二年級生而已……」
「薛刑警，誰說碩士生就不會殺人的？」
「而且，她自己也喝下了會場裡的飲用水呢。」
「她自己也喝了？這苦肉計還真是……」
「孫老師，死亡名單裡有她耶。」
「她死啦？」
「而且傷勢很重。死前，她歷經了極大的痛苦。所以，兇手不太可能是她吧？」
孫元泰默認後，又問了句：「薛刑警，可否容我小小岔開主題一下？事發當天，抽獎摸彩的頭獎是什麼，你知道嗎？」
「知道，是獎金。」
「很多嗎？」
「美金一萬元。孫老師覺得多不多？」
聽得孫元泰當場傻眼。

「美金一萬元？台幣三十萬元？我、我有沒有聽錯啊？」

「孫老師，你沒有聽錯。」

「物理學會倒是資金雄厚，送起禮來這麼大手筆啊？我還真是選錯科系了。」孫元泰不斷怨嘆：話說回來，「到底是誰在飲水機與茶桶裡下的毒，薛刑警你們有頭緒了嗎？」

「這個……」

「薛刑警，會場裡有裝設監視器吧？」

「監視器是有的。」

「兇手進入會場的時候，應該會隨身帶個大包包，才能裝得下芥子毒氣吧？」

「可是，在我們調閱的監視器畫面中，會場裡有帶大包包的人還不少呢。」

薛品勇有點愁眉苦臉。孫元泰福至心靈，問道：「薛刑警，監視器有沒有拍到，在會場裡有貌似Monique Loo的女人鬼鬼祟祟的呢？」

「看得我都快眼花了；但是，並沒有。」

「全體與會者的大頭照片，你們也都檢視過了嗎？」

「都快看到爛了，也沒有哪一個人長得像Monique Loo。但是……」

薛品勇從牛皮紙袋裡，抽出一疊照片來給孫元泰。

「哇，在這種數位照片當道的時代，已經好久沒有摸到實體照片啦。真懷念……」

「是呀。不過，照片的內容並不怎麼令人愉快。」

果不其然。被拍到的，不是遭芥子毒氣攻擊的傷患局部傷勢特寫，就是事發後會場的滿目瘡痍。

毫無尊嚴地癱倒在地上的人……

被撕碎後，飛散在場內的論文集……

凌亂的桌椅……

會場一隅，交疊混雜得再也分不清主人是誰的隨身包包與提袋……

孫元泰又將他的兩道濃眉，向中間皺成了「一眉道人」。

「薛刑警，這些是從監視器畫面的截圖，所列印下來的照片吧？」

「是的。所以就本質而言，它們其實依然是數位照片……」

翻至其中一張時，孫元泰的目光立時被攫住了。

照片中被拍到的場景，應該是會場外的走廊。在死命奔跑的群眾後面，有一件衣服可能是沒被扔準，而被扔在依紙、塑膠、鐵鋁罐等分類的資源回收區。

細看下，衣服折半後，被掛在鐵鋁罐回收桶的邊緣上。

那是一件淺色的老式排扣上衣，是絕對不會有任何一個頭腦清醒的現代人會買來穿在身上的老式排扣上衣。

看得孫元泰臉色直發白。

「這……這張照片……」

「怎麼樣？就連孫老師也不得不多看兩眼吧？」

「這回收桶上的衣服，不就是……？」

「在艾德華豪舍飯店的監視器影片中，那個年輕女人穿的那件？」薛品勇點點頭後，又搖搖頭：「款式是很相似，但不是同一件。是人就得換衣服，不可能天天穿同一件吧？」

「所以……這也是Monique Loo的衣服？她也到了『華人相對論雙年會』的會場，而且還把衣服丟在那裡？」

「我沒有答案。孫老師覺得呢？」

「她是在會場裡變裝了嗎？」

「搞不好，還易容了咧。否則為什麼我們每一吋監視器的畫面都找遍了，卻都沒找到她那張混血臉孔呢？」

「事情實在是愈來愈詭異啦。薛刑警，你們沒有像葛教授的命案那樣，從兇器-芥子毒氣的來源去追查嗎？」

「當然有。不管是網路交易還是黑市買賣的記錄，我們可都沒放過咧。只不過因為數量過於繁雜，還在過濾與篩選中……」

「可是，會購買芥子毒氣這種東西的人，應該不會太多吧？」

「問題是很多賣家在販售違禁品時，會取別的品項名字來代替啊。這種做法為我們的追查增加了不少困擾，更別說許多交易記錄用的是外文了。」薛品勇怨聲載道地：「再加上許多與會的學者拿的護照都是外國籍。如果說這一次的毒氣攻擊是錯綜複雜的國際事件，可以說是一點也不為過呢……」

17

當天傍晚，孫元泰又繞到醫院探視莊大猷。

由於傷勢逐漸好轉，莊大猷已經被移到普通病房。為了追求較為優越的醫療品質與休養環境，他選擇住在收費較高的單人房。

當孫元泰走進來的時候，莊大猷向醫院訂的晚餐剛剛被送來，照舊是一碗湯、三道菜、水果與點心。

孫元泰幫莊大猷將活動餐桌架在病床兩側，然後將餐盤放在餐桌上。

「需要我餵你嗎？」

「開什麼玩笑？省省吧，我又不是廢人。」

於是，莊大猷一面仰頭看著病房內的液晶電視，一面用自己完好的單隻右手，持筷挾取餐盤裡的飯菜。

這副情景，總讓孫元泰覺得是在逞強。因為在莊大猷的左臉上頭仍貼著大片紗布，左臂也還吊著繃帶，行動實在不能說是方便。

「你這個樣子，晚上要怎麼洗澡呢？」

「不洗啊。」莊大猷滿不在乎地說。

「不洗？」

「現在是冬天，不是嗎？而且我每天在醫院裡吹空調，身體乾爽得很……」

「該不會，你已經一個多星期沒洗澡了？」

「怎麼可能？說不洗，其實還是有洗啦。要不然，我的頭髮早打結了，怎麼可能還能這樣？」

「住院後，你洗了幾次澡？」

莊大猷嘴裡嚼著食物，眼珠子往上吊，奮力思考著。

「……兩次。」

「才兩次？」

「已經很多了好不好？」

「你怎麼洗的？」

「用右手硬洗啊。」
「穿、脫衣服的時候，怎麼辦？」
「也只能用右手硬穿、硬脫啊。難道能用左手嗎？」
「沒請護士幫忙？」
「請護士幫我洗澡？太尷尬啦，算了吧，求人不如求己。」
莊大猷的臉色微紅，彷彿已經有護士在他旁邊待命了似地。熟朋友都知道，雖然曾有過一段短暫的婚姻，但「異性」一向是這位物理學家的罩門。
他用筷尖指向孫元泰，問：「你吃過飯了嗎？」
「這個嘛……」
「看你猶豫，就知道你還沒吃。要不要去樓下的美食街？」
「謝啦，我在減肥中。晚餐不是不吃，就是吃得很少。」
「這一次是玩真的啊？」
「信不信由你，我每一次減肥都是玩真的。」
「你的身材，讓你這番話一點說服力都沒有。」
「有朝一日，我一定會讓你刮目相看的。」
「那我是不指望啦。說實在地，你這胖胖的模樣也沒有什麼不好，看久了也就習慣啦。倒是那位薛刑警，他什麼時候能夠讓我們刮目相看，把兇手繩之以法，才是真的。」
「小莊，你也同意我的兇手『穿越時空說』嗎？」
「搞清楚，阿泰，你這說法最早是我提出來的，你是抄襲我的耶！還敢拿出來說嘴？」

「用『抄襲』來形容太難聽了吧？再說，我的論述與C. T. Loo家族的興衰連接在一起，比你完整得多……」

說著說著，莊大猷放在病床上的手機驟然響起。

他拿起手機，「嗯嗯喔喔」地回應了一陣後，又放下手機。

「誰打來的呀？」

莊大猷繼續埋頭吃飯，答道：「一位從北京來的馬知雲小姐。」

「馬知雲？誰呀？」

「她在電話裡，自稱是葛衛東的紅粉知己。」

莊大猷漠不關心地說。

「紅粉知己？所以他是葛衛東檯面下的女人？」孫元泰一講完，又自打嘴巴：「啊，不對不對，葛衛東又沒有結婚，哪有什麼檯面下不下的問題。所以，是他的女朋友打電話給你囉？你們之前認識喔？」

「素不相識。」

「既然不認識，她為什麼要打電話給妳？」

「她來台灣處理葛衛東的後事。在電話裡她問我有沒有空，想要跟我見上一面。」

「見面？什麼時候？」

「等一下。」

「等一下？那麼快？」

「我在電話裡不好拒絕她，就答應了，但現在有點後悔。阿泰，你去幫我應付她一下好不好？」

「我去？」

「好歹我也是這次毒氣攻擊事件的受害人，又是名傷患，實在禁不起一再被這些事情折騰。」剛才還精神抖擻的莊大猷，剎時成了洩了氣的皮球：「我累了，只想好好休息，不想再繼續攪和下去……」

「我懂、我懂。」

「葛衛東人既然已歸於塵土，就讓那些圍繞著他的是是非非也隨風而逝吧。我管不了了……」

「ＯＫ，我幫你、我幫你……」

馬知雲比孫元泰想像得更為年輕，大約三十五、六歲左右，而且更為漂亮。

她個子高挑、膚色白晰，留有一頭修長的中分烏絲。一問之下，原來她是在哈爾濱出生的東北佳麗。

「不過，因為我在美國待的時間夠長。無論思想也好、講話的腔調與用語也好，已經跟內地人有點各走各的路了。」

她還是操著東北腔的普通話說。

明亮而銳利的眼神，將她失去戀人的傷痛掩藏得宜；要不是她瞳孔不時泛著被些許話語勾起的淚滴，幾乎快讓人忘了她是來這裡奔喪的。

孫元泰請她坐到莊大猷病房外的交誼廳內說話。幸好，平常在交誼廳裡追韓劇的婆媽們此時都不在，讓孫元泰得以暢所欲言。

「馬小姐，葛教授的後事……都處理得差不多了嗎？」

「差不多啦。上午舉行了簡單的告別式，中午則是火化與撿骨，忙了大半天。」馬知雲鎮定自持：

「『他』的骨灰罈，已經被我帶回到旅館的房間裡了。」

話中的「他」，指的當然就是葛衛東教授。
「真抱歉，我早上學校有課，所以不克出席告別式……」
「不打緊地。反正場面也很冷清，不差孫教授你一位。」
「真抱歉……」
葛教授的親戚都住在海峽對岸，而與他研究領域相同的華人同行不是死於上週的毒氣攻擊事件，就是還躺在醫院裡頭養傷。無怪乎，前去送他最後一程的人寥寥無幾。
至少，應該送個花籃去的……
孫元泰現在才想到的禮數，為時已晚。
「孫教授，莊教授在嗎？莊大猷教授？」
「不好意思。莊教授服了藥後，人已經入睡了……」
孫元泰端出事先擬好的說詞來。馬知雲聽罷，反應倒是很直接：
「才晚上七點多鐘，就睡了？」
「沒辦法。醫生開的那種止痛藥什麼都好，就是有這樣的副作用。莊教授本來也想硬撐著等妳來，無奈敵不過睡魔……」
「我明天早上，就要搭飛機回北京了。」
「喔。」
「這樣看來，這次的台灣行，我大概是要與莊教授緣慳一面了。」
「要不，我叫他去？」
講著講著，孫元泰的語法也被對方感染了。馬知雲搖搖頭又搖搖手，說：「不、不，算了。莊教授是傷患，讓他休息吧，別打擾他了。」

「還是，妳有什麼事，問我也可以。我和莊教授一樣，也是葛教授生前最後見到的人……」

話一出口，孫元泰就後悔了，因為馬知雲鏗鏘有力地回了句：「正有此意。」

敢情，孫元泰似乎是在挖洞給自己跳。他略顯狼狽：「雖然不曉得能不能幫上妳的忙，但我會知無不言、言無不盡的……」

「『孫』教授是吧？你放心。『他』走的前晚，你們在飯店和他見面的經過，大致上我都聽你們一位薛刑警交待過了，所以並不需要你從頭到尾再贅述一遍……」

「是嗎？」孫元泰著實鬆了一口氣。因節食而飢腸轆轆的他，哪還有講古說書的體力啊？

馬知雲緊接著說：「聽說，孫教授與莊教授好像都認為，兇手是個女的？」

「……是的。」

「是一個叫做Monique Loo的混血女人？」

薛刑警連這個都告訴人家了？

「各種跡象顯示，她的嫌疑挺大的。」

面對像馬知雲這樣沒那麼熟悉的人，孫元泰便有所收斂，論調轉趨保守。

「這個Monique Loo，到底是哪一號人物啊？」

「她是……」

本想長話短說的，但是被在學校講課的職業病上身，最終，孫元泰還是落落長講了一大串。

從C. T. Loo的家世、文物事業與其功過，再講到Monique Loo在一九三六年的中國行。

最後是上海霞飛路的搶案。這一講完，他的肚子就更餓、體力就更差了。

「孫教授，你剛剛說，殺害『他』的兇器，那支金髮簪，是Monique Loo所有的？」

「對的。」

「是她在上海的霞飛路被搶走的？」

「對。」

「是什麼時候被搶走的？哪一年？你再說一遍好嗎？」

「一九……三六年。」

「一九三六年？所以，那已經是八十多年前的事情了？」

「……對。」

「我想請問，你說的那位Monique Loo是哪一年出生的呢？」

「這個……好像是一九一四，不，一九一三年……」

「一九一三年嗎？」

「一九一三年。」

「如今，要是她還健在的話，不是已經一百多歲了？」

「一百多歲？對。」

「一個一百多歲的人瑞，有力氣用髮簪那樣的利器殺人？」

「這個……殺害葛教授的，並不是一百多歲時的她。況且，這位Monique Loo也無福活到那麼高壽……」

「我記得。你前面說，她二零零六年的時候過世了嘛。享年九十三歲，對不對？」

「……對。」

「所以，殺害『他』的兇手，是一個已經過世的女人？」
「這個……殺害葛教授的，也不是一個已經過世的Monique Loo，而是二十來歲時的她……」
「二十來歲時，坐時光機器來的Monique Loo，對吧？」
「……對。」
「還對呢？孫教授，太不靠譜啦！」
馬知雲這一低吼，把孫元泰嚇出一身冷汗來。
連在護理站值班的護士也往交誼廳的方向探出頭來，看看是發生了什麼變故。
「不……不靠譜？」
在對岸，這應該是近似「荒唐」的意思吧。
「沒錯。孫教授，你怎麼會有這麼不靠譜的想法？」
「這……」
「人命關天，咱們可不是在拍神怪劇、科幻劇呢，豈能如此兒戲？」
孫元泰做夢也想不到，自己會被小上十多歲的女人給教訓得面紅耳赤。
「馬小姐，我才……才不是在兒戲呢。這是經過縝密推理後的結果……」
「縝密的推理？」馬知雲咄咄逼人：「信不信，我一句話就可以全盤推翻？」
「一……一句話？」
好大的口氣……
「孫教授，我問你，你說Monique Loo是坐時光機器，從一九三零年代來到二十一世紀的，對吧？」
「……對的。」

「那我再問你，你所說的時光機器如今安在？坐落在哪兒？美洲？亞洲？還是歐洲？」

「如今……」孫元泰躊躇半晌，終於提高分貝，答道：「就在北京清華大學，葛教授的實驗室裡，不是嗎？」

馬知雲杏眼圓睜，問道：「時光機器在他的實驗室裡？在他的實驗室裡，有時光機器？」

「那個精密的『裝置』，就在他實驗室的小房間裡。」

「說得好像孫教授身歷其境似地。你去過他的實驗室嗎？」

「我當然沒有去過。」

「既然沒有去過，孫教授怎麼能信口雌黃呢？」

「是薛品勇刑警從賀長鳴博士那邊，間接得到證實的。」

「賀長鳴？」

馬知雲的臉色微變。

「賀博士是葛教授實驗室裡的首席助理，馬小姐應該不會不認得他吧？」

「是他講出來的？」

「不是他，我們怎麼會知道的呢？」

「他的口風也太鬆了吧？唉，罷了，事已至此……」馬知雲深吸一口氣，豁然道：「你說的那個『裝置』，就是利用圓柱面循環光束產生的重力場，所形成的時間封閉循環吧？」

「正是。」

其實，孫元泰也記不牢那些複雜的原理。不過，管不了那麼多啦；先承認再說。

不知何故，馬知雲的態度放鬆了下來；語氣也緩和了許多。

「孫教授，我不僅是葛衛東的親密伴侶，也是他實驗室的行政助理，你知道嗎？」

「這我倒不知道。」

「我們是快二十年前在美國認識的。當時他已經在大學裡教書，而我只是個讀英美文學的freshman，大一新生。」

「你們當時就在一起了嗎？」

「當時還沒在一起，是過了兩年後，才開始交往的。」

兩年後？

那時候的馬知雲不是也才二十歲嗎？那麼年輕，就與大她那麼多歲的男人譜出父女戀？

孫元泰對葛教授的熊熊妒心，陡然升起。

「因此，交往十多年下來，雖然我不是學習物理專業出身的，但耳濡目染之下，對他的研究多多少少也有rough瞭解。他那個時間的封閉循環，是在UConn，也就是Connecticut大學的Ronald Mallett教授的研究基礎上改良而來的。」

可不想又上起物理課的孫元泰趕忙表態：「Mallett教授的研究，我一個多星期前已經聽葛教授完整介紹過了。」

「關於Mallett教授的研究，其實存在著一個致命的侷限，孫教授知道嗎？」

「侷限？我……我不知道。」

「他在他出版的自傳《Time Traveler: A Scientist’s Personal Mission to Make Time Travel a Reality》中，有寫到這樣的一句話……」

馬知雲拿出手機來，東滑西滑後道：

「如果那個圓柱面循環光束的光源一整年都接上，那麼從現在起的一年之內，將可能有人能沿這道螺旋形的時間封閉循環繞回來，最早可以到達一年之前，循環光束裝置運轉的那一刻。」

「這個原理，我還是第一次聽到。」

「孫教授，你聽明白了嗎？我再說一次：最早可以到達一年之前，循環光束裝置運轉的那一刻。」

「是是是……」

「這是什麼意思，孫教授明白嗎？」

「什麼意思？」

「『最早可以到達循環光束裝置運轉的那一刻』。瞧出端倪了吧？」

「也就是說Mallett教授的裝置，最早只能回到裝置開始運轉的那個時點。我引用他在自傳中的講法：早一秒鐘都不行！」

孫元泰幡然領悟：

「這……」

「舉例來說，如果裝置是今年的一月一日那一天開始運轉的，那麼日後，所謂的回到過去，最早也只能回到今年的一月一日，無法再往前了……」

「所以……」

「更不用說是回到Monique青春時的一九三零年代了。不可能！」

「但是，葛教授不是已經突破這一點了嗎？」孫元泰的情緒，也跟著馬知雲激動起來：「他畢生的職志，不就是要在Mallett教授的研究基礎上，設法讓循環光束的光源穩定而持續、讓循環具可操控性，並且最重要地，能夠回到裝置運轉前的過去嗎？」

「想是一回事；能否做到，又是另一回事。」
「做不到嗎？葛教授做不到嗎？」
「他……」
「馬小姐，妳就別再隱瞞了。」孫元泰昂然道：「就在今年的十一月十七日，那一天下午，他不是曾經讓這樣的裝置，有效運轉了半分鐘了嗎？」
在馬知雲的眼神中，驀地閃過一抹心虛之色。
「連這件事，也傳到孫教授耳裡了？」
「是葛教授他自己興奮過度，藏不住祕密，而在過世前透露給莊教授知道的。」
馬知雲黯然道：「他也真是的。明明離真正的成功還有一大段距離，他就迫不及待……」
「馬小姐，葛教授的裝置有辦法回到過去的時間，對不對？」
馬知雲像是放棄了似地，靜靜點了點頭。
「他是有所突破沒有錯。」
「那就對了、那就對了。這樣，便一點也不荒唐啦。那位Monique Loo就是透過了葛教授的裝置，才能從一九三零年代穿越時空而來……」
「沒有那麼簡單。孫教授，沒有那麼簡單。」馬知雲音高八度，又恢復了一開始進交誼廳時的活力：「沒錯。葛衛東親口向我證實過，在十一月十七日那天的實驗裡，他曾經試著將一個無生命體透過他的『裝置』，成功地送到過去的時間裡……」
「果然！馬小姐，是什麼樣的無生命體呢？」
「他沒有說。但是相反地，『裝置』肯定沒有從過去的時間裡，帶了什麼東西到現代來。」

「是嗎？」

「我再強調一次：葛衛東肯定沒有從過去的時間裡，帶了什麼東西到現代來。」

「千真萬確？」

「孫教授，十一月十七日那天，在區區半分鐘的運轉時間裡，根本無暇完成這種高難度的工作。」

馬知雲直視孫元泰：「他對我說過沒有，就是沒有；他不會騙我的。」

「難道，沒有像Monique Loo這樣的古代人藉著裝置『偷渡』而來的可能嗎？」

「不可能。技術上，那台裝置也還做不到。孫教授，你死了這條心吧。」

死了這條心吧……

因此，葛教授的裝置並沒有從過去的時間裡帶任何東西到現代來？莫非，所謂的「穿越時空說」只是曇花一現？兇手根本就跟什麼Monique Loo的，八竿子也打不著？

見孫元泰冒著冷汗而不發一語，馬知雲又開口了：「薛刑警告訴我說，案發的時候，葛衛東的房間裡並沒有別人在？」

「……對。」

「你們台灣人就那麼有把握？」

「這是從飯店監視器拍到的影片，交叉比對後的結論。」

「我先講了。」馬知雲快人快語：「他絕對不可能是自殺！」

孫元泰反將她一軍道：「妳們大陸人就那麼有把握？」

「就是！就是那麼有把握！就算他一時想不開要自尋短見，也絕對不會挑在這種時候！」

「那他會挑在什麼時候呢？」

「時空機器裝置真正成功之後。那時候死才不虛此生，不是嗎？」
「確實……」
「否則，他要是提前到了另一個世界去，會愧對他祖母的！」
「他的……『祖母』？」
沉睡在孫元泰記憶中的某個部分，似乎被這兩個字給喚醒了。
馬知雲冷不防從懷裡掏出香煙與打火機。三兩下子，一雙紅唇上便吞雲吐霧起來。
「這件事，被他藏在內心的最深處。他只對我一個人講過，連他親爹親娘都被蒙在鼓裡。」
「……是什麼不可告人之事呀？」
「葛衛東他呀，其實是為了他的祖母，才選擇研發時空機器作為他終生志業的。」
祖母？
我啊，是為了對家族裡一位重要長輩的允諾，才這麼賣命的。
不是長我一輩的，而是長我兩輩的。
我總算沒有辜負她對我的期許、我總算沒有辜負她對我的期許……
原來是為了祖母啊。
「我聽說，葛教授的祖父已經在二十年前死於肝癌了；但他祖母的死因則不詳。」
「是的，連我也沒親眼見過那位老人家。但是她臨終前的一句話，可改變了她孫子的後半生。」
「她說了些什麼？」
「『為了我，你一定要、一定要做出可以回到過去的機器來』。」馬知雲說：「她在病榻上就是這麼囑咐葛衛東的。」

「這種話，不就像眾多望子成龍、望女成鳳的父母會講的一樣嗎？」

「不，嚇人的還在後頭呢。」

「嚇人？」

馬知雲仰著頭，又豪放地吐出一口煙來。

「但是，他要我別講出去，死也別講出去；還要我立下毒誓。」

她連綿的話音難得發起抖來；夾著香煙的右手食指與與中指，也在打顫。孫元泰見狀，勸退道：

「既然如此，那妳就別講了吧……」

孰料，此話聽在東北妹子耳中，反而激了將。

「呿，管他的。反正他人都走了，還有什麼好顧忌的？我也不怕他作鬼來找我啦。」

「馬小姐……」

馬知雲一橫心，道：「他說，他祖母小時候見過他。」

「什麼？」

孫元泰一下子沒會過意來。

「葛衛東說，他祖母小時候見過他。」

「馬小姐，妳說反了吧？應該是，葛教授小時候，他的祖母見過他……」

「不，我沒講反：他祖母小時候見過他。」

孫元泰咀嚼著這句耐人尋味的話。

「葛教授的祖母小時候，見過葛教授？馬小姐，葛教授的祖母過世的時候是幾歲？」

「好像也七十多、快八十歲了吧？」

「葛教授今年是五十歲，對吧？他跟他祖母差了……也有五十歲左右。也就是說，他大約是在他祖母五十歲的時候出生。」

「我數學很差，就以你算的為準吧。」

「然後妳說，他祖母小時候見過他。所謂的小時候，是幾歲呢？」

「唸大學的時候。」

「唸大學？那就是二十歲的時候。相差五十歲的祖孫兩人，祖母卻在二十歲的時候見過孫子，這能說得通嗎？」

馬知雲嗤笑出來。

「這跟二零零六年以九十三歲過世的中法混血女人Monique Loo，卻以二十多歲之齡現身在現代，不是五十步笑百步嗎？」

「這……」教孫元泰啞口無言。

「不是一樣不靠譜嗎？」

「所以，妳不相信葛教授的話？」

「我壓根兒就沒相信過。但是，他個人卻深信不疑……」

「畢竟那是他們祖孫間的情感，外人是很難體會的吧？」

「情感歸情感，不可能的事就是不可能的事。她祖母一定是老年失智，認錯了還是記錯了……」

孫元泰深思後，問道：「有沒有什麼合照可以證明呢？」

「合照？」

「他祖母唸大學的時候，與他的合照啊。」

馬知雲搖搖頭後，說：「他祖母遇到他的時候，是在一九三七年的南京。」

「是對日抗戰期間啊？」

「在那種兵荒馬亂的年代，能活下去都不容易了，還合照呢。連吃的東西都短缺了，哪來的相機啊？」

謝天謝地，馬知雲說完後總算捏熄了煙頭，免教孫元泰再受二手煙之苦。

「另一方面，葛教授有沒有說過，他祖母大學時遇見他的時候，他是幾歲呢？」

「他也問過他祖母這個問題。」

「是吧？」

「他祖母回說當時年紀太小，分辨不出他到底幾歲；但直覺上，就是個中年人樣。」

「是嗎？」

中年人，那就差不多是葛教授現在的年紀了？

「孫教授，你就不用再一廂情願了。所謂『小時候看過自己的孫子』沒有任何懸念，絕對是無稽之談！」馬知雲厲聲道。

「馬小姐，你對葛教授的祖母就那麼沒有信心呀？」

「你以為我是嫌她年幼時無知而識人不清嗎？不是的。我可以用一個最簡單的道理，來推翻她的講法。」

「請。」

「假如她在一九三七年的時候，真的見過她的孫子葛衛東。那麼，在葛衛東的一生中，一定有一段時間是坐時光機器回到一九三七年的，對吧？」

「照道理說是的。」

「可他現在人都走了，也還沒研發出那樣的時光機器來，更別提是回到一九三七年了……」

「馬小姐，十一月十七日那一天，他所研發的裝置不是有效運轉了嗎？」

「我說過，那裝置的水平太低了，根本還不到能載人的程度啊。」

「不、不能載人嗎？」

「而且，也才運轉了短短半分鐘，半分鐘能幹啥呀？」

「……」

「他根本就不曾回到過去過，這是我馬知雲用性命擔保、如假包換的事實。」

「他會不會偷偷地……」

「絕不會！」

「……是嗎？」

「工作也好、生活也好，我們是二十四小時都在一塊兒。他有什麼動靜瞞得過我？」馬知雲講得慷慨激昂：「要知道，去坐時光機器著實是件勞師動眾的事，可不比偷溜去outlet買件衣或買雙鞋那麼輕鬆呀！」

她指證歷歷，讓孫元泰無話可說。

「所以葛教授並沒有……」

「既然他沒回到過去，那麼他祖母在一九三七年所遇見的，肯定是另有其人了。」

孫元泰好生失望。

鬧了半天，什麼時光機器、什麼時空旅行，都是子虛烏有的？

什麼Monique Loo從一九三零年代翩然而來、為了尋回她的金髮簪而鑄成大錯，什麼葛衛東回到一九三七年與還是中學生的祖母相遇、繼而激勵他在物理志業上奮發圖強的浪漫情節，全都是捕風捉影下的產物？

全都是杜撰出來的嗎？可、可是……

「可是馬小姐，妳要怎麼解釋Monique Loo的那支金髮簪作為兇器的事？」

「兇器？」

「是啊。妳要怎麼解釋盛裝的她，在艾德華豪舍飯店的監視器拍到的影片中被驚鴻一瞥的事？妳又要怎麼解釋在毒氣攻擊事件當天，她的衣服出現在華人相對論雙年會會場裡的事？」

然而，孫元泰的困獸之鬥，並沒有維持多久。

「孫教授，我先回答你第二個問題好了：你是怎麼知道，被飯店監視器拍到的人，就是Monique Loo呢？」

「這個……」

「你找到被拍到的那個女人，並且驗了ＤＮＡ了嗎？」

孫元泰洩氣地說：

「警方找是找到她了，但她長得沒那麼像Monique Loo，自然也就沒驗ＤＮＡ……」

「第三個問題：同樣地，你是怎麼知道會場裡的那件衣服，就是Monique Loo的呢？」

「……不是她的，還會是誰的呢？」

「話怎麼能這麼說呀？有規定過什麼樣款式的衣服只許誰買、只許誰穿嗎？那件衣服就非Monique Loo的莫屬嗎？要是台灣的警察都像你這樣辦案，那還得了？」

孫元泰被她狠刮一頓後，好生汗顏。

「那……那第一個問題裡的兇器，妳要怎麼自圓其說呢？用來殺害葛教授的金髮簪，恰恰好就是Monique Loo所擁有的啊。」

「別說金髮簪只不過『曾經』是Monique Loo的罷了。即使到現在為止一直都在她身邊，也不代表犯案的人就是她呀。」

「可是……」

「孫教授，你這道理如果通的話，那以後殺人案都好辦了，也不用去查別的線索與證據啦。只要知道兇器是屬於誰的，就把犯行一概推給他。這還真是方便啊！」

孫元泰被她虧得無地自容，都快要招架不住了。

「馬小姐，既然妳那麼神通廣大，就別只是否定我的推理，講講妳自己的看法嘛。」

「我的看法？」

「妳認為葛教授的命案跟我說的Monique Loo完全沒有關係，時空旅行什麼的也是我一個人在瞎扯。OK，那麼請妳告訴我，殺害葛教授的兇手究竟是誰？」

「孫教授，我看起來像是會通靈的樣子嗎？」

「這……」

「命案發生時，人就在這座島上的你們都查不出兇手是誰；遠在千里之外的我，更是無能為力。」

馬知雲的鼻孔哼了哼，大言不慚道。

「可是，妳跟葛教授交往那麼久，他以前有得罪過誰、與誰有過利益衝突、誰討厭他而視他為眼中釘等等，這些恩怨情仇，妳應該比誰都清楚。」

「清楚是一回事。可就我所知的那些人在命案發生時，不但人不在現場，甚至全都沒入境台灣啊。」

「看吧，可不是嗎？」孫元泰一副「我就知道」的表情：「不但那些人都有不在場證明，而且飯店的監視器與在房間內採集到的指紋也無用武之地，根本鎖定不了任何嫌犯，所以我才會認為那位Monique Loo涉嫌重大……」

「別說啦。我看，在這種不利的情勢下，可能也只剩下一條路可走了。」馬知雲放話的語氣，異常堅定。

「馬小姐，妳不會是在危言聳聽吧？」

「雖然貴為研究尖端科技的物理學家，但葛衛東對於用筆在紙上寫字的這種老傳統，卻是情有獨鍾……」

「馬小姐，妳這是指……？」

「為了學術專業，也為了日常生活的方便，他跟別人不一樣，有隨時做記錄的習慣。」

「隨時做記錄？所以……」

「只要是空閒的時間，他幾乎都在書寫著他的札記。」馬知雲說：「從我在跟他交往開始，他就隨身攜帶著筆記本了。即使到後來有錄音筆問世，以及手機的影音功能不斷升級，他都不為所動。」

「筆記本嗎？」

孫元泰似乎猜到，馬知雲想表達些什麼了。

「他目前正在書寫中的札記，是一本黑皮的厚筆記本，長約二十來釐米、寬約十來釐米。」

「封面有什麼圖案或字樣嗎？」

「都沒有，是全黑的。」馬知雲說：「可是，在他遺留在飯店房間而由台灣警察轉交給我的行李當中，並沒有這本札記在。」

「葛教授的札記，不翼而飛？」

「我把他的旅行箱都翻遍了……」

「……會不會還掉落在飯店房間裡，或是被飯店人員收起來啦？」

「那位薛刑警都去問過了，沒有。」

「也許，那本札記被列為重要證物，扣留在警方那邊啦。」

「薛刑警說，他們在案發現場根本沒有發現任何黑皮的筆記本。」馬知雲凝視著孫元泰：「我今天來訪的目的，其實就是想要探詢那本札記的下落。」

孫元泰攤了攤手。

「我今天還是第一次聽說葛教授有一本札記呢。」

「孫教授不知情嗎？」

「馬小姐，我跟他見面的那晚，並沒有看過妳所說的黑皮筆記本；當然，那本札記也不可能是被我給偷走的。」

「你可以發誓嗎？」

「當然可以！」

「那麼，莊教授呢？他是否有看過那本札記？」

「老實說，我從沒提他提過隻字片語。」

「或許他看過，但忘了跟你提？」

「照我就無可奉告了。等他睡醒以後，我會幫妳詢問他的。」

這時，交誼聽內的談話已屆終了，馬知雲才向孫元泰遞出自己的名片；名片上印有她的手機號碼、電郵信箱、微博與QQ。

「孫教授，如果莊教授想起任何有關那本札記的線索，請他用名片上的聯繫方式通知我。」

孫元泰收下名片：「好的。」

「如果他不方便通知，你代他通知我也成。」

馬知雲從座位上站起身來。她臨走之際，被孫元泰從後叫住。

「馬小姐，葛教授曾經讓妳看過他的札記嗎？」

馬知雲在交誼聽的門口駐足回眸。

她歪起一邊嘴角，說：「他沒讓過，但我看過幾次。」

那就是偷看了。

「那麼，他寫在札記裡的內容……」

「內容嘛，我只能是說鉅細靡遺，而且掏心掏肺。什麼能見人的、不能見人的鬼東西，他都敢下筆。」

「……鬼東西？」等於說，書寫札記既是葛教授壓力的抒發，也是他心情的療癒吧。

「所以，我有股強烈的預感：只要能讀到他那本札記的內容，就有機會能識破兇手的真面目。」

孫元泰聽了，將信將疑：「憑葛教授那本札記就能破案？有那麼神嗎？」

「否則，孫教授，兇手犯案後，為何什麼東西都不偷，偏偏只將那本札記給偷走呢？」馬知雲扠起腰，大哉問道：「你告訴我呀？」

孫元泰張口結舌……

受人之託、忠人之事。回到莊大猷的病房時，孫元泰問起札記來。

「葛教授的札記？黑皮的筆記本？」莊大猷搖搖頭，一無所知：「那天晚上，我沒看到他拿出那種東西來呀……」

「你待在他房間裡的時候，他沒有在寫札記嗎？」

「我們在聊天，他怎麼可能一邊做自己的事呢？那樣太沒禮貌了吧。」

莊大猷說。

果然，案情又陷入死胡同了。

南京（之三）

5

那是一間蒼灰色的屋子。

從它所在的位置來看，應該已經是在金陵女子文理學院的校園範圍之外了。遠觀下，屋子線條單調的整體又高又寬。

有鑑於此，田百壽推測那應該不是住家，也不是公司行號的辦公地點，而是像倉庫一樣用途的建築物。

環建築物的三面，都被種植了翠綠的樹木。在其中一面的某顆樹上頭，似乎有一個人影在抖動。

田百壽用手背揉了揉眼皮。

那個人影站在高高的樹枝上，雙手不停在忙著。從身上的衣著可知，那不個是男的，而是個女的。

女子？

在如此不靖的時局中，一名女子，沒事站在樹上幹麼？

在她不停忙著的雙手上，好像有纏繞著什麼東西。依稀所見，那東西細細長長的。

然而，由於與田百壽所站的學校走廊這邊間距過遠，田百壽的視力再好，也無法看出那東西究竟是什麼。既然眼睛不濟事，他只好動上自己的腦筋了。

一個站在樹枝上的女子，會在雙手纏繞些什麼東西而忙著呢？一個人會為了什麼，而去爬樹呢？

那女子是什麼人？老婦？母親？學生？

……是學生嗎？

今天中午，他們闖進教室裡，擄走了我十五名學生。

被抓去做那種事，身上難免受創；但相形之下，心靈的受創更難平撫。

華群女士的話言猶在耳。

所以，如果站在那樹上的是名女學生的話，纏繞在她雙手上的東西，會是什麼呢？

……

八九不離十，田百壽料到她要做什麼了。他本想縱身去敲辦公室的門，對艾拉培先生與華群女士通風報信的。

但是，一來他怕緩不濟急；二來，他也怕破門而入的自己成了程咬金，聽到他不該聽的話，而誤了辦公室門內那兩位國際安全區委員的大局。

他再往倉庫那頭望去，女學生還在樹上。

……假如，自己擺了個烏龍呢？

樹上的人，其實並不是名女學生？或者，人家只是一個人在樹上嬉戲呢？

在這樣的亂世裡？

雖然古人說「凡事豫則立、不豫則廢」，但是……

不容再細想了。田百壽心意已決，便拔腿往外奔去。

6

田百壽奔跑的雙腿毫不停歇。

實地走一遭方知，被他在走廊內眺望到的那間蒼灰色的屋子，是位處從金陵女子文理學院的後門出去，約十來分鐘路程外的筆直方向上。

當他趕到時，那間蒼灰色屋子的頂端，果然吊掛著某某洋行倉庫的招牌。

不過，招牌下的大門深鎖，外牆也破破舊舊的，疑似已被廢棄多時。田百壽左顧右盼，半個人也沒看到。

他沿著倉庫的外牆開始繞行，雙眼緊盯著環牆的樹叢上。一圈走下來後，並無所獲。

是找錯建築物了嗎？

他再接再厲，又沿著外牆繞行了一圈。這一次，總算是皇天不負苦心人，有件女性的素色冬衣，正在某顆樹上飄動著。

乍見之下，田百壽還以為為時已晚，自己來遲一步了呢。

定睛再看，女子著襪的雙足還定定地站在樹枝上，雙手也還在忙個不停。樹下，則擱著一雙黑色的學生鞋。

纏繞在她雙手上的，是被撕碎的白色床單與雜色的衣物。她正全神貫注，把那些床單與衣物綁串成一個長條；接著，再把長條的頭尾相縛成個圓圈。

她將圓圈的一端，掛在她頭上的一根橫樹枝上，另一端則套繫在她的頸項周圍……

「且、且慢！」人在樹下的田百壽，仰面對樹上的女子大叫。

女子分明就聽得見，但對田百壽不理不睬，繼續將圈圈的另一端套繫在自己的頸項上。
「妳是學生嗎？」
女子不應。
田百壽又叫道：「妳是金陵女子文理學院的學生嗎？我剛剛在妳們的學校裡，才從華群校長的辦公室那邊過來……」
「金陵女子文理學院」的關鍵字，令女子低下高挺的鼻尖，往田百壽的立足處看了一眼。
「妳是金陵女子文理學院的學生吧？」
田百壽問。女子沒搭腔，但點了點頭。
「既然是學生，就該回到教室去上課啊。怎麼可以跑到這裡來『逃學』呢？」
「逃學」……
田百壽自以為是的詼諧，在女學生的身上起不了什麼作用。她別過眼去，重新調整起頸項周圍的圓圈。
「喂！」
「……」
「聽我一句好嗎？好死不如賴活著，妳別想不開啊！」
「……」
「有什麼事讓妳別無出路，非尋死不可呢？」
女學生開了口，但音量太過細微。
「妳說什麼？可以大聲點嗎？」

「我說，我沒臉回教室去上課了……」女學生說。

「為什麼？妳不是學生嗎？不是金陵女子文理學院的學生嗎？」

「我是學生。但我的身子今天已經被他們弄髒，沒臉再回教室上課，也沒臉再活下去了……」

女學生的聲音哆嗦著。

不言自明，她就是今天中午，從金陵女子文理學院的教室裡被「他們」擄走的十五名學生之一了。

物理學家的札記（之三）

D

我曾有無數次的機緣，被雙親、同事、學生、朋友、記者、編輯或是素昧平生的人，中國人或是外國人，問起過下列同樣的問題：

「請問，你為什麼要研發時光機器？」

「是什麼樣的因素，促使你耗注大量心血與時間在時空旅行的實踐上？」

「是否在現在以外的時間，比如說過去或未來的某段日子裡，有你非見不可的人在驅動著你呢？」

然後，他們就會扯到愛人、戀情之類的俗氣事上頭。這時候，我都會一貫沉穩地回答道：

「因為，我是受了『某某作品』的啟發，才如此賣力的。」

「某某作品」也許是電影，像是美國早期的Back to the Future系列與Terminator系列、中期描寫父子情的Frequency，以及後期描寫父女情的Interstellar等等；也許是科幻小說，像是Robert Heinlein 一九六零年的驚世之作All You Zombies等等。

要回答哪一個，端視我當時的心情與所處的情境而定。但其實，這些都是幌子。

被我秘而不宣的真正原因，就是在上述第三個問題中有觸及的：有非見不可的人，在過去等著我。

那個人，就是我的祖母。

如果說，我曾經被電影所觸動過，那部電影也不在以上我所列舉的名單之中，而是一部由韓國導演與日本演員合作的作品。

在華人地區，那部作品的片名被翻作「我的機器人女友」。可能有很多人看過，也可能有很多人沒看過。全片最令我動容的，當然是其中的一段祖孫之情了。

不知道我在說什麼的人，不妨去找那部片來看看。

所以，我研發時光機器，耗注大量心血與時間在時空旅行的實踐上，不是為了別的，就是為了我的祖母。

為了回到過去，見我的祖母。

我非見她不可。除了親情的依戀以外，還有另外的重大原因。

E

這個原因，是祖母臨終前在病榻上告訴我的。

她將我的雙親從醫院病房支開，只對我一個人說。那時候她已氣若游絲，講起話來上氣不接下氣，斷斷續續地。

「親愛的孫呀，聽……聽好了，有件事，非讓你知道不行……」

「……是什麼？」

「這個……祕密，我已經隱藏了……數十年，從來沒有對任何人說過，包括……你爸爸在內……」

我愈聽愈奇：「爸爸也不知道？是什麼祕密呀？」

「你可……可別以為我在胡言亂語。我要說的……句句都是實言，你聽明白了嗎？」

「我聽明白了。究竟您要說的，是什麼祕密呢？」

祖母盯著我看的眼珠，混濁不清。

我高度懷疑，當時她其實已目不能視，根本辨認不出我的形影了；僅能依靠聽覺來與她最親愛的孫溝通。

「我……我要謝謝你……」

祖母的眼角噙著淚水。這話，把我也給弄哭了。

「什麼謝謝我呀？我才要……好好謝謝您呢。要不是有您養育我、愛護我……」

祖母微伸起枯乾的食指，阻擋我再說下去。

「親愛的孫呀，我要……謝謝你。五十年前，就在我最萬念俱灰……的那一刻，你出手相助，打消我的死意，才拯救了我的後半生……」

我丈二金剛摸不著頭腦，對祖母說的話毫無頭緒。

「您……您在說什麼呀？我還是個中學生呢，您忘了嗎？五十年前，我還沒有出生呢。」

「你是還沒有……出生。」祖母邊喘息邊說：「但是，再過個三十年、四十年左右，你就會……乘坐由你所研發出來的時光機器，回到我唸金陵女子文理學院的時代去了……」

我的天啊，只有大限將至的人，才會誑語若此。

我們祖孫訣別的時刻已近在咫尺。為此，我哭得一把鼻涕一把眼淚地。

「是誰告訴您這些的？」

「是你。」祖母答得篤定：「五十年前，就是你……親口告訴我的。」

「我親口告訴您的？」

「……嗯。」

我搖搖頭，思緒紛亂不已。

「我告訴您的時候，是五十年前，您唸大學的時候？」

「……嗯。」

「那個時候，我是幾歲呢？」

祖母說：「我不知道。當時……我來不及問你幾歲，而你也沒說……」

我凝神苦思，好不容易才擠出下一個問題：「那麼，當時您看我的樣子，像是幾歲的人呢？」

祖母依舊以她混濁的眼珠回望我。

「像個……五十歲的中年人。」她巔巍巍地說：「所以我才說，再過個三、四十年左右，你就會回到我的大學時代去了……」

「您說的都是真的嗎？」

「親愛的孫呀，我編這種……謊話來騙你，對我有什麼……好的呢？你回家找找，在我房間的……衣櫥抽屜裡，珍藏有一支純金的髮簪，已經五十年了，我以外的人誰也沒瞧過……」

「金……金髮簪？」

「那支……金髮簪，就是在你救我時，親手送給我的；那就是物證。」

是呀。編這種謊話來騙我，對她有什麼好的呢？

「我本來不相信您的。但經您這麼一說……」

祖母哀傷地說：「你要是……不相信我，我這後半輩子，就都……白活了，你這前半輩子，也都……白活了。」

「您別說這種話了行不行？我信您、我信您……」

「……你真信我？」

「我真信、我真信。所以，您在我出生前，就已經見過我了？」

話一出口時，我也被其中的怪誕邏輯給弄糊塗了。

祖母點頭。

「親愛的孫呀，你聽好了。在往後的……三、四十年裡，你一定要想辦法研發出時光機器，並回到……一九三七年……十二月的南京去。知道嗎？」

「我……」

「一定要想辦法研發出……時光機器。如果你沒回到一九三七年……去挽救我，我就不可能活下來……」

「您……」

「如果我沒活下來，就不會有你爸，也不會有你了。」

「……」

「這個問題，讓我憂慮了……近一輩子。為了我，為了你爸，也為了你自己，你一定要辦到，知道嗎？」

我震驚得說不出話來。

祖母又再囑咐了一次：「……你知不知道？答應我。」

病房的天花板晃了起來。

敢情是在情緒波動下，我的暈眩症又犯了。我閉上眼，將頭部調整至較舒服的位置。

已經沒有別的選擇了。

為了祖母、為了父親，也為了我自己……

不。

父親能不能出世，不重要；我自己能不能出世，更不重要。讓祖母活下去，才真正重要。

攘祖母活過一九三七年十二月，別在花樣年華的大學時代就香消玉殞。這樣，我才能與她在同一個屋簷下度過年少歲月，享受她一次又一次仰起頭、舒展著雙眉對我許諾的堅決表情，那副義無反顧寵溺我的表情……

才能一次又一次地，親耳聽她毫無保留地喊我「親愛的孫呀」……

難怪，她會對我另眼相看，對我那麼好；難怪，她會豁出自己的生命來保衛著我。

原來，我曾是她的救命恩人啊。

自我出生起，她就將她的餘生都奉獻給了我。三十年後，或是四十年後，該由我投桃報李了……

我能拒絕嗎？

除了答應她，我還能有什麼選擇呢？

於是，我拭去我的、也拭去她的淚水後，毅然決然地告訴她：

「我向您發誓，一定會研發出時光機器，回去救您的！」

台北（之四）

18

「我可不想再繼續窩這裡浪費時間了。」莊大猷不斷嚷嚷道：「理工學院那邊未完的工作，已經要堆積如山啦，我不趕快回去處理不行……」

「你曉得嗎？這些話，我聽到耳朵都快長繭了。」孫元泰說。

「而且阿泰，元旦在即。在美國倒數迎接新的一年，才比較有感覺……」

「你說的是在紐約的Times Square好不好？你家住西岸耶，離那兒可遠了……」

「隨便你怎麼講。反正，我是非走不可的啦！」

孫元泰爭不過莊大猷，只好在毒氣攻擊事件兩週後的一個下午，替莊大猷辦了出院手續。

不意孫元泰繳清了費用，站在走廊盡頭等電梯時，又巧遇了穿灰色連帽外套與黑色牛仔褲的晴川大學心理諮商學系博士生盧俊彥。

「孫老師，好久不見！」

「好久不見。你又是來醫院探視石國賢老師的吧？」

「……是呀，喔，不。」盧俊彥招認不諱：「其實是有些研究案報帳的文件，需要他親筆簽名啦……」

聽其他醫生說，經過密集的治療，石國賢其中一隻眼睛的視力，已經勉強可以達到零點一以上了。

「所幸，他最終被救回了一眼，沒有全盲。」

「是呀。不然，那可慘了。」盧俊彥說：「往後，石老師還能不能回去學校教書，就全看他眼睛恢復的進度了。」

「晴川大學那邊能讓他請多久的傷假，可能也是關鍵吧。」

「孫老師，莊老師他的傷勢如何了？」

「我觀察，應該已經復元六、七成啦。」

「那很好呀。」

「我幫他訂好了機票。今天晚上，他就要飛回他夢寐以求的美國了。」

「哇，那麼快啊？」

「他還每天嫌慢，恨不得能早一步離開台灣呢。」

「畢竟莊老師的工作是在美國嘛。」盧俊彥停頓了幾秒鐘後，問道：「孫老師，有關葛老師命案的偵辦，警方那邊有什麼進展嗎？」

孫元泰搖搖頭：「唯一的進展是……」

上週，薛刑警暨鑑識人員特意來到醫院，親取孫元泰與莊大猷的指紋。

昨天下午，薛刑警來電告知，在葛衛東命案現場的一三一四號房內所採集到的那組不明指紋，與孫、莊二人的指紋比對後，並不相符。

孫元泰對盧俊彥坦承：「雖然我和莊教授事實上都是無辜的，但聽到這個消息時，我們還是如釋重負，總算放下心中的一塊大石。我想，這也是人之常情吧。」

「所以孫老師，指紋主人的真實身分，仍然石沉大海？」
「是的。」
「是喔……」
「不過薛刑警說，以他過去的辦案經驗，最後有些指紋比對得出結果來、有些指紋一直比對不出結果來，其實是很司空見慣的事。」
要搭電梯的人在孫元泰的周遭愈聚愈多，但電梯遲遲不來。
盧俊彥點頭道：「我好像從哪位刑警那邊，也聽過類似的論調……」
「薛刑警還說，如果犯罪現場裡的每一組指紋最後都比對得出結果，反而是過於完美而不太正常了。」孫元泰邊盯著電梯的樓層數字邊說：「特別是像住過的房客又多又雜的飯店與旅館房間這類地方……」
盧俊彥頻頻眨起眼來，不懷好意地問：「這究竟是警察的肺腑之言，還是在為他們的辦案不力找台階下呢？」
「辦案不力？不會啦。盧同學，體諒一下人家吧。他們沒日沒夜地查案，也是很辛苦的。」
「我知道他們很辛苦。但是，這是他們的職責所在。況且，誰的日子過得不辛苦呢？」盧俊彥冷言冷語：「既然連相對單純的葛教授命案都破不了，華人相對論雙年會的毒氣攻擊事件，我看大概也不用對警方存什麼指望了……」
「盧同學，葛教授的命案，並不如你所想的那麼單純喔。」
「我知道。我剛剛說的是：從受害人數的規模而言，葛教授的命案與毒氣攻擊事件比起來『相對』單純。這點，我沒說錯吧？」

孫元泰繼續為薛刑警辯護：

「但最起碼，兇手下毒的手法，瞞不過警方……」

「可是，只要追查芥子毒氣的買賣記錄，應該就可以逐步限縮兇手的範圍了。這並不是多麼困難的事，為什麼警方遲遲拿不出成績呢？」

「這個嘛，買賣記錄涉及到比較專業的科技部分，什麼網路下單啦、什麼ＩＰ位址之類的，我是不太懂啦。但我相信，這部分警方是絕對不會懈怠的。」

「我只希望，他們能再加把勁、再加把勁……」

「盧同學，如果你那麼求好心切的話，不妨加入他們調查的行列，就像你從前破過的那些案子一樣，如何？」

盧俊彥用雙手在胸前比了個叉。

「我算那根蔥呀？又沒有警務人員的資格，想加入調查就加入調查？其次，這回不是我的場子——葛教授的命案與毒氣攻擊事件時都一樣，我只是名旁觀者，使不上力。再說，負責偵辦兩案的刑警，我一個也沒混熟……」

既然他自己主動打了退堂鼓，孫元泰也不便強求。此時，電梯姍姍來遲。

熟料電梯門一開，裡面塞滿了人不說，還外加一台掛了點滴的病床在內。孫元泰與盧俊彥根本擠不進去，只好認命再等下一班。

大概是覺得案情膠著，再討論下去也沒什麼意思，盧俊彥遂更換了話題。

「孫老師，莊老師他是住在美國的哪裡啊？」

「他住在西岸。」

「在加州嗎？」

「是的。」

「他住在加州的哪一個城市呢？」

「L. A.，Los Angeles，洛杉磯。」

「喔，洛杉磯，我大學時代去過呢。」

盧俊彥的興奮之情溢於言表。在台北，要找出從沒去過洛杉磯的成年人，只怕還沒那麼容易呢。

「洛杉磯的面積很大，你是去過哪兒啊？」

盧俊彥想了一下，答道：「有蒙特利公園市、阿罕布拉市、聖蓋博市……」

「Monterey Park、Alhambra、San Gabriel？」孫元泰將盧俊彥的答案一個一個翻回英文：「都是華人聚居的地方嘛。你沒去過Beverly Hill？」

「那是什麼？」

「舉世聞名的『比佛利山莊』啊。」

「沒去過……」

「Santa Monica咧？『聖塔莫尼卡』。」

「也沒去過。」

「迪士尼樂園呢？不要跟我說你也沒去過……」

「迪士尼去了。那是一定要的嘛！」盧俊彥的年紀小孫元泰甚多，卻老氣橫秋地說：「說到洛杉磯，倒是勾起我的回憶了。」

「什麼回憶啊？」

盧俊彥的雙瞳閃閃發光。
「孫老師，我曾經在洛杉磯，從一位街頭藝人那邊學到一個魔術呢。」
「什麼魔術？」
「是一個紙牌魔術。孫老師，要不要我變一次給你看？」
「不了，其實我……」
「變一次，一次就好了嘛。」
「我還得回病房帶莊老師……」
「不會花你很多時間的啦。拜託……」
轉瞬間，盧俊彥品評警察時的憤世嫉俗返璞歸真。盛情難卻，孫元泰只能勉為其難。
「好吧、好吧。但是，不能太久喔……」

盧俊彥帶孫元泰到樓下美食街的便利商店裡，買了一副全新的撲克牌。
隨後，他們在用餐區找到兩人對坐的位子坐下。盧俊彥拆開撲克牌的透明包裝，留下兩張鬼牌後，將整副牌從紙盒中抽出，背面朝上放在桌上。
「開始了嗎？」
孫元泰催促道。
「開始了。孫老師，請你洗牌。」
「由我洗牌？」
「對，這樣比較公正。免得你會懷疑……」

「懷疑什麼呢？」

「若是由我來洗牌，你可能會懷疑我在牌上動了什麼手腳；由你自己洗牌，就沒這問題了。」

「ＯＫ，我來洗……」為節省時間，孫元泰只是草率地切了切牌，就把背面朝上的整副牌交回到盧俊彥的右手掌心上。

盧俊彥的臉大歸大，十根手指頭卻生得很修長，看上去就很靈活的樣子。

他將背面朝上的整副牌工整地放回桌上後，問孫元泰道：「孫老師，你答得出來一副撲克牌裡，一共有幾張嗎？」

「幾張？一副撲克牌裡有幾張？我想想……四十張？五十張？」

「不對。」

「……五十一張嗎？」

「差一點。正確的數目，是五十二張牌。」

「有五十二張啊？我平常不怎麼在玩牌，所以不是很瞭解……」

「看得出來。接著，撲克牌上有幾種顏色的花色，孫老師知道嗎？」

「這我知道。不就紅色與黑色兩種嗎？」

「正確答案。紅色的花色是紅心與方塊；黑色的花色是黑桃與梅花。」盧俊彥繼續對孫元泰下達指令：「紅色與黑色這兩種顏色，請孫老師任選一種。」

「選一種？」

「隨便選一種就好。紅色？或是黑色？」

「……紅色吧，比較喜氣。」

「孫老師，還記得嗎？一副撲克牌裡一共有幾張？」

「一共有五十二張牌。」

「因此，一半的二十六張是紅色的牌，另一半的二十六張是黑色的牌，對吧？」

「對。」

盧俊彥將桌上背面朝上的整副牌從第一張開始抽出，放回紙盒中。

「一、二、三、四……」

他算到「二十六」的數字時停了手。也就是說，他一共從整副牌中抽走了一半的牌。

「孫老師，因為你剛才選擇了紅色，所以我就將一半的二十六張紅色的牌從這副牌中抽走。現在，桌上的這疊牌裡一共只剩下另一半的二十六張牌，而且全都是黑色的……」

鬼扯蛋！孫元泰在心中暗罵道。

不論他一開始洗牌洗得有多草率，還是洗過來洗過去洗得很吹毛求疵，當他將洗完的牌交回到盧俊彥手上時，必定是紅牌與黑牌交錯排列。

絕不可能有那麼湊巧，從第一張到第二十六張牌都被他洗成同一種顏色、從第二十七張到第五十二張牌則都被他洗成另一種顏色。這種「天牌」出現的機率，就跟中大樂透不相上下。

所以，桌上剩下的這疊二十六張牌裡一定有黑有紅，才不會像盧俊彥所宣稱的那樣，全都是黑色呢。

孫元泰決定按兵不動，先不戳破盧俊彥的謊言。

「在這疊全都是黑色的撲克牌中，只有兩種花色，黑桃與梅花。這兩種花色，請孫老師任選一種。」

「又要我選一種啊？」

「是的。黑桃？還是梅花？」

「黑桃還是梅花？我看……黑桃好了。」

「好，孫老師你選的是黑桃……」

當盧俊彥對桌上背面朝下的「半」副牌伸出手時，孫元泰叫停道：「等、等一下。」

「怎麼了？」

孫元泰祭出「擾敵」戰術：

「改變主意？」

「我改變主意了。」

「我改選梅花，不選黑桃了。」

盧俊彥面不改色。

「好，孫老師你改選梅花。沒關係，梅花就梅花。那麼我就將十三張梅花的牌留在這疊牌裡，將你不選的十三張黑桃牌給抽走……」

他依樣畫葫蘆，從半副牌的第一張開始抽出，放回紙盒中。

「一、二、三、四……」

算到「十三」的數字時停了手。放在桌上的撲克牌，也只剩下「四分之一」副的十三張了。

盧俊彥臉不紅氣不喘地說：

「現在剩下的這十三張，全都是從A到K的梅花牌。」

見鬼了，最好是啦。

孫元泰「嗯」地應了一聲後，按捺住將那十三張牌迅速翻成正面，當場給盧俊彥難堪的衝動。

「十三牌裡的數字有奇數，也有偶數。奇數就是數字為A、3、5、7、9、J與K的牌，共計有七張；偶數就是數字為2、4、6、8、10、Q的牌，共計有六張。」盧俊彥重施故技：「奇數與偶數，請孫老師任選一種。」

「偶數。」

這一次孫元泰選得明快俐落，不再費神「擾敵」了。

「既然孫老師選擇了偶數，那麼我就把六張偶數的牌給抽走。」

說完，「四分之一」副牌的前六張，又被盧俊彥一一放回紙盒中；桌上只剩下七張牌了。

「在這七張數字為奇數的牌裡，如果將『A、3、5』這三張歸為『小』牌、『7、9、J、K』這四張歸為『大』牌，那麼『大』牌與『小』牌，請孫老師任選一個。」

「『小』。」

「好的。既然孫老師選擇了『小』，那麼我就將三張『小』牌留在桌上，將你不選的四張『大』牌給抽走……」

「悉聽尊便。」

於是，桌上只剩下三張牌了。

「在這三張牌中，一張是A、一張是3、一張是5。」盧俊彥說：「這三個數字，請孫老師任選一個。」

「5。」

孫元泰選完，盧俊彥便抽掉了第一張牌：「剩下A與3，請孫老師再任選一個。」

「3好了。」

盧俊彥再抽掉第一張牌。於是，桌上只剩下一張背面朝下的撲克牌了。

「孫老師，你覺得，這張牌上的花色與數字，會是什麼呢？」

「會是什麼？」

「孫老師不知道嗎？」

「我怎麼會知道呢？在變魔術的人是你，又不是我。」

孫元泰抱著看好戲的心態說。

「你怎麼會不知道呢？你怎麼可以不知道呢？」盧俊彥愈說，肢體動作愈浮誇：「別人可以不知道，孫老師不能不知道啊！」

「為什麼呢？」

「因為，我一路下來，都是按照孫老師的選擇在抽牌啊。你怎麼選，我就怎麼抽，對不對？」

孫元泰毫無反駁的餘地。

……選顏色時，他選了紅色。

……選花色時，他選了梅花。

……選奇、偶數時，他選了偶數。

……選大、小牌時，他選了小。

接下來的5與3，也是出自他口。所以，這桌上的最後一張牌……

「……是梅花A嗎？可是，不可能吧？」

盧俊彥齜牙裂嘴，彷彿用盡「洪荒」之力悶哼出聲後，將牌翻成正面。

「沒錯！孫老師，由不得你不信啦！」

桌上的最後一張牌，果真就是梅花Ａ！

孫元泰險些跌坐在地。沒看走眼吧？這、這怎麼可能呢？

怎麼會有這種事咧？

「怎麼樣？孫老師，我這雕蟲小技，還可以吧？」

「教人嘆為觀止啊。」孫元泰恭維道：「你表演的簡直不是『魔術』，而是『魔法』了！」

因為，就如同盧俊彥所言，他一切都是按照孫元泰的選擇在抽牌，居然還會有這麼神奇的結果，實在太不可思議了。

「哇，謝謝孫老師美言，我太開心了。」

「盧、盧同學……」

手足無措的孫元泰，被盧俊彥一眼看穿意圖。

「孫老師，你是想要問我，這魔術是如何變的吧？」

「……可以教一下嗎？」

盧俊彥狂搖頭，道：「很抱歉，不行耶……」

「什麼？」孫元泰彷彿被盧俊彥這記悶棍給敲傻了：「為什麼不行呢？」

「孫老師，如果每變完一個魔術，魔術師就自動將手法公諸於世，不就形同是自己在拆自己的台嗎？這樣下去，人人都會變魔術了，當魔術師的還有什麼好混的呢？」

「可是……」

「孫老師還是自己想辦法破解吧。」

「那、那你再變一次給我看。」

「這我也做不到。」

「也不行？」

「同樣的魔術一直變，變到被觀眾破解為止，這跟我剛剛講的『魔術師自動將手法公諸於世』，其實並沒有太大的分別。」

「這也不行、那也不行。你這不是教我為了破解你的魔術而牽腸掛肚，夜夜不成眠嗎？」孫元泰哀鳴道。

「這樣吧。」盧俊彥笑逐顏開：「看在孫老師對我的魔術那麼捧場的份上，我大放送一個提示好啦。」

「提示嗎？快點說吧。」

盧俊彥垂頭思考片刻後，嘴裡吐出七個字來：「先射箭，再畫靶心。」

他說。孫元泰在腦中默唸道：

「先射箭，再畫靶心……先射箭，再畫靶心……先射箭，再畫靶心……」

這樣做的結局是什麼？他胡思亂想，腦中後率先蹦入了兩個字。

「穩中」。先射箭，再畫靶心，那不是穩中嗎？然而，這跟盧俊彥的魔術有何關聯呢？

為什麼先射箭，再畫靶心，就能準確命中最後一張撲克牌呢？

「我的提示已經夠明顯了。」將梅花A牌放回紙盒的盧俊彥，還在大講起風涼話：「有了我這提示，孫老師晚上應該可以好好睡覺了吧？」

晚上，好好睡覺……

睡覺……睡覺……枕頭……

枕頭？

孫元泰的思緒飄呀飄地，飄到了葛衛東的命案上。

枕頭……枕頭……消失的三個枕頭……

被丟出房間窗外的三個枕頭……

案發時，一三一四號房內只有葛衛東一個人在？四個枕頭，也只有一個在床上？

先射箭，再畫靶心……

先射箭，再畫靶心……

恍惚間，孫元泰就像被電流通過全身一樣，抽搐了一下。

盧俊彥見狀忙收起嬉笑，關切道：

「孫老師，還好嗎？」

「……」

「還好嗎？你看起來，好像……」

「……」

「好像是在遊樂園裡連續坐了三個鐘頭的『海盜船』一樣慘呢。」

盧俊彥比擬道。只見孫元泰面如死灰；唇齒間，連一個音都發不出來。

19

晚上，孫元泰開車載莊大猷到桃園機場的第二航廈。

將車停在室外的停車場後，兩人搭電梯進出境大廳，至航空公司的櫃檯報到。

由於「台北——洛杉磯」是條熱門航線，因此櫃檯前經濟艙等的報到隊伍排得很長。隊伍中的情侶與攜家帶眷的旅客忙著在用手機自拍；單客們則拖著不需託運的小登機箱，一臉寂寥。

一看到左臉上還貼著紗布、左臂吊著繃帶的莊大猷，機場的服務人員就速上前來。得知莊大猷的身分後，便領他去新開的櫃檯，加速報到的程序。

「莊博士，要不要我幫你調一台輪椅來？」服務人員問。莊大猷搖搖右手推辭：「不用了，我的雙腳並沒有受傷，可以自己走。」

「有輪椅坐，比較舒服喔……」

「謝謝你，我真的不用。」

行李託運後，右手拿著護照與登機證的莊大猷神情輕鬆而愉悅。愈是臨近離台返美的時刻，他的談興似乎也愈高。

「好啦，機位劃定，報到也完成啦。下一個程序，就是安全檢查了。」

「……」

「從安檢那關起，應該就是只限於出境的登機旅客才能進去了。那麼阿泰，我們就此別過吧。」

「……」

「這一次回台灣真的很謝謝你。除了住之外，你包吃包喝，還充當司機，讓我倍感尊榮。更不用說我受傷期間，你的大力相助了。」莊大猷拍拍孫元泰的肩：「喂！我莊大猷可是不輕易拉下臉來，表達感謝之意的唷。」

「……別客氣。」

「天下沒有不散的宴席，你也早點回去吧。萬物的價格都在漲；這機場的停車費用，好像也沒有便宜到哪裡去喔。」

「是嗎？」

「下一次回來台灣，可能又是很久以後了。說不定，我這輩子都沒有機會再回來啦。」莊大猷說得毫不感傷：「你有空，就自己飛來美國看我嘛。心疼機票錢嗎？這樣吧，我出一半！一言為定……」

「小莊……」

「怎麼了？看你一張苦瓜臉的樣子，捨不得我走啊？哈哈……」

「有件事情……」

「什麼事？你講！」

「就是……」

孫元泰欲語還休。

「怎麼？講不出來呀？」

「……」

「沒關係，我們都是男人嘛。不好講出來的話，放在心裡就可以了。」

「……」

「憑我們的交情，你想講什麼我大概也猜得到，就是一些又噁心又肉麻的話，要祝我一路順風嘛，對不對？我心領了。」莊大猷瀟灑地揮了揮手：「那麼阿泰，就這樣啦。」

「小莊……」

「我就不叫你保重了，因為你的體型不能再重下去啦，哈哈。bye-bye……」

莊大猷轉身走出沒幾步路後，就停了下來。
他伸出右手，從西裝上衣的口袋拿出手機，低頭凝視著。
他的背影佇立許久。終於，背影動了動，然後挪移步伐，朝孫元泰這邊走了回來。
愈走愈近、愈走愈近。站定後，莊大猷將手機螢幕轉向孫元泰。
「阿泰，這則新訊息，是你剛剛傳給我的吧？」
其實，這根本是多此一問。
因為傳訊者的帳戶名稱，在訊息上方被標明得一清而楚；同時孫元泰自己的手機，也正被握在他胖胖的手心上頭。
由於沒有回答的必要，所以孫元泰默不作聲。
莊大猷牽動了一下嘴角，笑道：「你的惡作劇很成功。我差一點，就要被你的訊息給唬住了。下一次，我可不會再……」
「小莊，那不是惡作劇。」
「什麼？」
孫元泰鼓起勇氣：「寫在那訊息裡的，是我的真心話。」
「是這樣的嗎？」
「我是真真切切地，想要問你這個問題……」
小莊，你可以告訴我，為什麼要殺害葛衛東嗎？
莊大猷劇烈晃動著他手上的手機，讓這些字體也變得模糊不清。
「不明白我為什麼要殺害葛衛東？」他的聲音很平靜：「所以阿泰你的意思是，葛衛東是我殺的？」

「……這個問題，你自己最心知肚明吧。」

「阿泰。」莊大猷警告：「即使是玩笑，也不要開過頭喔。」

孫元泰悲痛地說：

「相信我。我多麼希望，自己是在開玩笑……」

「夠啦夠啦，不跟你鬧下去，我要趕飛機了……」

「小莊，你打算逃避我的問題，一走了之嗎？」

莊大猷對孫元泰使了個白眼。

「我要我怎麼回答你？空穴來風的事，我要怎麼回答你？」

「你不承認，葛衛東是被你殺的？」

「他死的時候，我是跟你在一起的，你都忘了嗎？我搭你的便車回到你的家裡，然後躺在客房呼呼大睡耶。」

「你這是在強調，案發時你有不在場證明？」

「當然囉。難道不是嗎？」

孫元泰點頭：「沒錯，葛衛東死的時候，你人是不在現場。這一點，毋庸置疑……」

「你看你看，被我逮到小辮子了吧！你都已經承認案發時我不在現場了，還敢栽贓我殺人？」

「小莊，案發時身在現場，不見得就是下手殺人的先決條件呢。」

「啥？你說啥？」

「像你不在現場，不也成功殺了人嗎？」

「你怎麼那麼固執啊？好，我是怎麼成功的，你倒是給我細說分明……」

孫元泰澀著嗓子，說道：「案發當天的晚餐前，你去到葛衛東房間的時候，先暗中用Monique Loo的那支金髮簪將其中一個枕頭表面刺破，然後順著刺破的小洞，將金髮簪的尖部朝上、底部朝下，藏在枕頭裡面。

「還記得嗎？那支金髮簪重達兩百公克，而且愈到底部愈沉。這樣的結構，讓它穩穩地像一根針一樣豎立在枕頭內，不會隨隨便便歪斜掉。」

「阿泰，你還真有想像力。」

「為了分散他對枕頭的專注力，你將他拱去酒吧海灌。夜裡十一點，酒過三巡，當我們去停車場開車回家而葛衛東上樓回房的時候，醉醺醺的他一倒頭躺下，豎立在枕頭內的金髮簪就順勢刺入他的後腦，令他一命嗚呼。」

「……」

「這個，就是你殺害葛衛東的手法。」

莊大猷伸舌舔了舔唇。

「阿泰，說句傷感情的話：你的推理，其實漏洞百出呢。」

「……比方說？」

「一間飯店雙人房的床上，通常會被放置四個枕頭。這還是你自己當時提出來的點，對不對？」

「對。」

「既然床上有四個枕頭，我如何能神機妙算，讓葛衛東不偏不倚，別的枕頭都不躺，就躺在藏有金髮簪的那個枕頭上呢？」

孫元泰答道：「……先射箭，再畫靶心。」

「你說什麼？」

「先射箭，再畫靶心。既然其中只有一個枕頭內藏有金髮簪，那麼你無論如何也要創造出一個葛衛東別無選擇的情境，令他再怎麼樣不情願，也非躺到那個致命的枕頭上不可。」

莊大猷一邊的太陽穴抽動了一下。

「別無選擇，非躺到那個枕頭上不可？說得好、說得好，請繼續……」

「這也就是另外三個枕頭會在飯店一樓後花園的樹叢裡被發現的原因。把那三個枕頭從房間窗戶向下丟的不是別人，就是小莊你。」

「……」

「這樣，當葛衛東喝完酒回到房內時，床上就只有一個枕頭了。除了躺上去，他也沒有……」

莊大猷冷冷地問：「萬一，葛衛東隨性往床上一倒，沒躺準在枕頭上呢？」

「小莊，在酒吧的時候，你不是曾千交待萬交待過他睡姿的重要，叫他回房後一定要好好地躺在枕頭上安睡嗎？」

「萬一他還是我行我素怎麼辦？或者他躺是躺在枕頭上了，但沒躺準在豎立的金髮簪上呢？又或者他是躺準在金髮簪上了，但躺到一半時發覺後腦疼痛，就抽身起床了呢？」莊大猷的反擊有如連珠炮般一波接一波：「上述任何一種情形，都足以讓我殺他的計畫毀於一旦啊，是不是？」

「對你來說，上述任何一種情形，都不足以為懼。」

「為什麼？」

「因為，如果葛衛東僥倖沒死在你佈置的金髮簪下，那麼在三天後華人相對論雙年會的攻擊事件裡，他也難逃你的毒手。」
「芥子毒氣攻擊事件？」
「在會場的飲水機與茶桶裡下毒的人，也是你。」
「不、不、不，不通！你說的不通啊！」莊大猷有點氣急敗壞：「毒氣攻擊事件當天，葛衛東不是已經死了嗎？為什麼我還要下毒呢？」
「不管葛衛東那時候是生是死，你都還是要下毒的。理由就是，你的目標是要將所有與會的學者一網打盡，全部送上黃泉路。」
「你、你在說什麼呀？我自己不是也中毒了嗎？」
莊大猷指指他左臉上的紗布。
「那是你為了洗刷自身嫌疑而使的苦肉計。跟別的受害者比起來，你的傷勢格外地輕，對吧？」
「你這樣講，未免太冷血了……」
「即使在會場的飲水機與茶桶裡下毒後，毫不相干的工作人員可能會一道陪葬，你也在所不惜。」
孫元泰說：「這就是所謂的『寧可錯殺三千，不可放過一個』。」
「阿泰，偵辦案件講究的是實質證據，不是嗎？而不是像你這樣大放厥詞、亂編故事……」
「這一屆華人相對論雙年會的主辦單位，北華大學物理學系的系主任已經向薛刑警供稱，運用自身的學術影響力，『強烈』建議他們在最後一天的議程中臨時插入抽獎摸彩與拍大合照的人，就是你。」
「是……是我又怎麼樣？」
「主動提供頭獎獎金一萬元美金的人也是你，對吧？種種吸引與會學者在會場裡共聚一堂的誘因，都被你一手包辦了。」

「那又如何了？我這麼煞費苦心，還自掏腰包拋磚引玉，無非也是期許我們這個華人相對論的物理大家庭能日益茁壯、開枝開葉……」

「恰恰相反、恰恰相反。」孫元泰搖頭：「什麼日益茁壯、開枝開葉？從你下毒的手法就知道，骨子裡你是處心積慮，想要澈底摧毀這個大家庭！」

莊大猷用右掌按住貼在他左臉上的紗布，以免紗布因流自額頭的冷汗而鬆脫。

「阿泰，你被錯誤的推理沖昏了頭而不自覺。請冷靜一下、冷靜一下，好嗎？」他溫言勸道：「你知我知，闖下這兩件大禍而應該要被繩之以法的人不是我，而是一個『時空犯』才對。」

「你說……Monique Loo？」

「不是嗎？」

「她，只是你的障眼法罷了。」

「什麼障眼法？」

「她昔日的貼身物品金髮簪，碰巧被你用作殺害葛衛東的兇器，因此你便順水推舟，輔以對時空旅行可行性的繪聲繪影，企圖嫁禍於她。」

「我？嫁禍於她？」

「就是這樣。」

「那麼，被艾德華豪舍飯店的監視器拍到的影中人，那個奇裝異服跑過葛衛東房門口前的年輕女人，你又怎麼說？」

「薛刑警已經調查過了，那個年輕女人根本就不是什麼Monique Loo！」

「……不是？」

「她姓金，叫做金素媛，是艾德華豪舍飯店一四五三號房的訪客。」

「訪客？那為什麼她會長得……」

「長得那麼像老照片中的Monique Loo？因為那位金素媛有四分之一的美國血統。」孫元泰說：「雖然她的素顏與Monique Loo的五官不盡相似，但化上妝後，兩張混血臉孔的差距就拉近了。」

「化妝？」

「再加上金素媛梳理著Monique Loo那個時代的髮型、身穿Monique Loo那個時代的服裝，在影片中出現的時間又短，會被我們聯想而誤認成Monique Loo本人，也是情有可原的……」

「這、這不合情理啊！那位金……金素媛是做什麼的？為什麼三更半夜，會在五星級的飯店裡打扮成那樣？」

「她是戲劇社的大學生。當時，正在艾德華豪舍飯店裡排演呢。」

「排演？」

「她與社員們參與了一部時代跨及民國初年的微電影。為了省錢，她們在住一四五三號房的美國朋友接應下，偷溜進艾德華豪舍飯店取景。到了半夜，她們便換上妝髮與戲服開始排演、拍片。」

「所以，她那中分而髮梢捲曲的短髮，以及穿在她身上的排扣長袖上衣、過膝長裙與寬頭高跟包鞋……」

「都是她在劇中的造型。人家出演的，可是第一女主角呢！」

「可是，她拍片就拍片，沒事跑到十三樓去幹麼？」

「因為她肚子餓了，想吃泡麵。」

「泡麵？」

「十四樓沒有飲水機，但十三樓有。」孫元泰說：「還記得我們到葛衛東命案的案發現場時，有經過走廊邊的飲水機嗎？」

越過走廊邊的飲水機，全換上鞋套後，……就跟在薛品勇身後亦步亦趨，越過黃色的封鎖線，來到一三一四號房大敞的房門口。

「所以，案發時讓那位金素媛連妝髮與戲服都不換下，匆匆跑過葛衛東房門口的原因，是為了去裝煮泡麵用的沸水？」

「就在那個節骨眼上，她被十三樓的監視器給拍下來了。」

「這……」

「聽取她的供詞之後，薛刑警也從十四樓監視器所拍到的影片中，看到了在十三樓的監視器所沒有拍到的東西。」

「什麼東西？」

「保麗龍材質與紅白色包裝、被抓在她左手的韓式牛骨湯杯麵。」

「杯麵？」

「是的。」

莊大猷嘖嘖稱奇。

「這整件事情，也未免……太過巧合啦。」

孫元泰聞言，彈了彈右手的大拇指與中指。現在，可能只有老人會做出這種動作了。

「其實，你早就因為第一件命案裡的兇器之故，想把葛衛東的死以及三天後雙年會毒氣攻擊事件的帳，全都推到Monique Loo這位往生者的頭上。毒氣攻擊事件時被扔在會場資源回收區的那件老式排扣上衣，不就是你在故佈疑陣嗎？」

「故佈疑陣？你說那件上衣是我扔的？」

「除了你，還有誰？而金素媛在艾德華豪舍飯店裡那段無心插柳的『串場』更是幫了你一把，讓無辜的Monique Loo嫌疑更為加重了。」孫元泰提高嗓音道：「那位老奶奶要是地下有知，一定會恨死你的！」

「阿泰，你不可以這樣血口噴人。我問你，那支金髮簪的現任主人是誰，你查過了嗎？那件老式排扣上衣的來歷，你查過了嗎？芥子毒氣的來源，你查過了嗎？」

「小莊……」

「薛刑警查過了嗎？警方查過了嗎？跟我有關嗎？」

「……」

「我跟你打賭。不管是金髮簪也好、老式排扣上衣也好、芥子毒氣也好，絕對都不是我弄來的，跟我一點關係也沒有！」

莊大猷挺起胸膛而自信滿滿的架勢，讓孫元泰更加篤定一項事實。

「小莊，是你偷走的吧？」

「什麼？」

「我說，葛衛東的札記啊。」

「……札記？」

「他那本黑皮的筆記本，被他帶到哪兒寫到哪兒、隨時都不離身的札記，現在就在你那裡吧？」

孫元泰亮出的底牌猶如壓垮駱駝的最後一根稻草，讓莊大猷的身心都明顯動搖了起來。

莊大猷一邊的膝蓋軟了軟，深鎖的眉宇間透著焦慮，駁斥有氣無力。

「什……什麼札記？什麼我偷的？沒這回事……」

「你是把他的札記收在託運的行李箱裡，還是已經處理掉了？」

「沒有……不是我……」

孫元泰毫不留情，繼續施以重擊：

「小莊，你是不是已經看過他札記裡的內容了？」

也許是被逼急了，莊大猷低喝一聲，轉守而攻道：「阿泰，你想……怎樣？」

「……想怎樣？」

「你想報警嗎？你想舉發我嗎？還是你已經這麼做了？」

孫元泰搖搖頭。

「不，我還沒有想到那一步……」

「別忘了，你的命……還是當年我救回來的。」莊大猷叨唸道：「我有恩於你。」

念及舊情，讓孫元泰感慨不已。

「我從來沒有忘記過這件事。」他說：「當年我不分青紅皂白往馬路中央狂奔時，如果不是你伸手從後面拉住我，就不會有後來的我了；我也無法像現在這樣，好端端地站在這裡了。」

的確，自己那幼小的身軀被公車高速追撞後是生是死、是倖是殘，他連想都不敢想。

「很好，既然你沒忘，那麼，答應我一件事……」

「什麼？」

「就當，剛剛那些指控我的話語你從沒說過、我也從沒聽過，如何？」

「……你要我裝聾作啞？」

「直到現在，不，直到永遠，Monique Loo都是我們的頭號嫌疑犯。反正對屍骨已寒的她來說，多背負一條殺人犯的罪名也無傷大雅，是不是？」

「小莊……」

「但是，人中龍鳳的我可就不一樣了！從小，我就是全校第一名的資優生，頭腦聰明得不得了。」莊大猷細數道：「建中、台大、美國加州理工學院物理學博士的漂亮學歷；華人在Science與Nature期刊上發表論文數最多的佼佼者；因為研發時空機器的貢獻而獲頒諾貝爾物理學獎，更是指日可待……」

「……」

「像我這樣前程似錦的天才，怎麼能夠栽在葛衛東的命案裡呢？怎麼能夠被毒氣攻擊事件所牽絆住呢？如果我因此而不能再從事研究工作，那會是整個物理學界的損失，不，是災難啊。」

「……」

「我如果被捕，人類迄今的物理學成就會往後倒退三十年，不，六十年、七十年都有可能。所以，請別把我跟一般的罪犯相提並論，那是天大的羞辱；他們的智力全部加起來，再乘以一萬，一萬的一萬，都趕不上我莊大猷的任一顆腦細胞傑出。」

「……」

「我太優秀了，優秀到足以豁免塵世間的罪與罰……」

孫元泰再也聽不下去了。

「剛剛那些自吹自擂的狂言，就當你從沒說過、我也從沒聽過，如何？」

「……什麼？」

莊大猷愣了愣。

「所以言歸正傳，回到我訊息中的問題：你可以告訴我，為什麼要殺害葛衛東嗎？」孫元泰目光如炬：「以及，你那些雙年會上的同行？」

南京（之四）

7

「我的身子今天已經被他們弄髒，沒臉再回教室上課，也沒臉再活下去了……」

人在樹下的田百壽，仰面對在樹上這麼自怨自艾的女學生揮舞起雙掌來。

「妳這是哪兒的話？什麼弄髒？不髒、不髒。洗洗，就得了……」

女學生慘笑一聲，道：「你這才是哪兒的話？那髒，是洗也洗不掉的。」

「哎呀，一次洗不掉、兩次洗不掉，多洗個幾次，就洗掉了。」

「你這人……」

「妳快下來，回學校洗去吧。」

田百壽在地面跳上跳下地。

「我……我不下來。」

「妳不下來，杵在這樹上幹麼？妳不累，這樹可都累了。」

「樹會累嗎？」女學生幽幽地說：「不打緊地。很快，我跟這樹，就都不累了……」

「喂！妳就這麼死心眼，非尋死不可嗎？聽我的話，快下來呀！」

女學生搖搖頭，說：「我不下來。除非，你能給我一個不尋死的理由。」

「理由？這……這……」田百壽摳了摳下顎：「我說，妳還有父母吧？」

女學生又慘笑一聲。「……他們全死了。」

哪壺不開提哪壺……

「妳……其他的親人呢？」

「也都不在了。我在這世上，早已孑然一身……」

「不！不！是誰說的？」

「不然，你告訴我，還有誰會在等我？」

「在等妳的人就是……」田百壽無計可施，只好搬出金陵女子文理學院的大家長來：「……華群校長。」

「校長？」

「沒錯，就是她。妳如果不回教室上課，就這麼尋死的話，無異是陷她於不義。」田百壽說：「她會悲慟欲絕的。」

女學生頹然道：「華群校長她，就是我這一生中，最沒臉再見的人。」

這下，弄巧成拙了……

女學生十指並用，反將頸項上的圓圈繫得更牢更緊。田百壽心直口快，叫道：「除了她，還有我啊！」

「……你？」

「對呀。為了我，妳就別死了吧！」

「你是打哪兒冒出來的呀？我根本就不認識你。」

「你當然不認識我。因為……因為我是……」

「你是誰呀？」

「我是……」

就憑我田某人這「德商西門子公司翻譯」的綿薄身分，能醍醐灌頂、打消她的死意嗎？

……癡人說夢。

如果，不快給她來記當頭棒喝，要不了多久，就只有為她收屍的份了。田百壽急中生智，道：

「我，也是妳的親人。」

「你是我的親人？」

「是的。」

「哪一位呀？我怎麼從沒見過你？」

「那是因為……」

我怎麼從沒見過你？

這句話，田百壽也曾原封不動地在洪堡大學的圖書館外，與他所敬佩的物理學家愛因斯坦偶遇時說過。

「愛因斯坦教授，你不是本校的老師嗎？在物理系已經待三年了，我怎麼從沒見過你？」

「呵呵，彼此彼此。我也從沒在校園裡，見過你這位東方來的學生呀。」

「也是啦……」

「其實呀，是因為我獲准不用在課堂教書，只需要做研究，所以你才沒見過我啊。」

「我雖然沒見過你，但你所發表的論文，我可是拜讀過好幾篇呢。」

「是嗎？你說說看，都讀過我哪幾篇論文呢？」

「我讀過你以光電效應、布朗運動、狹義相對論、廣義相對論為主題所發表的四篇論文。」
「都是讀德文的嗎？」
「是啊。」
「看不出來，你還真是深藏不露呀。」
「在這四個主題中，最教我五體投地的，就是廣義相對論了。」
「我想也是……」
「愛因斯坦教授，作為廣義相對論的創始者，你真心相信人能夠回到過去的時間裡嗎？」
田百壽永難忘懷，愛因斯坦那回答時的一派悠哉。
「年輕人，不管你是從東方的哪一個國家來的。我的工作不是去相信什麼，也不是去不相信什麼。」
「那麼，你可以『證明』人能夠回到過去嗎？」
「我的工作是用數學的方法，在紙上或是信封的背後推導出人能夠回到過去的結果。至於以實驗證明，那並不是我的工作。」愛因斯坦打了個中肯的比方：「我是個畫地圖的人；而按圖索驥，則是別人的事。」
這便是理論物理學家與實驗物理學家的差別吧。說完，愛因斯坦便揮了揮手，搖頭晃腦地從圖書館離開了。
「你是我哪一位親人呀？我怎麼從沒見過你？」
哪一位親人呢？

女學生那高挺的鼻尖，像極了田百壽的哪一位親人呢？

不就像極了他那位已過世的祖母嗎？所以，當樹上的她這樣問的時候，他便用大拇指指向自己，語不驚人死不休：「那是因為，我是妳兒子的兒子……」

8

女學生聽罷，呆若木雞。

「我兒子的兒子？」

「對。」

「兒子的兒子？那不就是……我的孫子嗎？」

「是呀，我就是妳的孫子。」田百壽站直道：「因此，妳在這世上並非孑然一身，還有我啊。」

「你、你在胡說八道什麼呀？我又還沒成親，哪來的兒子，又哪來的孫子啊？」

女學生發起脾氣來。

「我……」

「外國人就算了，連你這個中國人都要趁火打劫，佔足我的便宜？」

「沒人趁火打劫。」田百壽吶喊：「我真的是妳的孫子！」

女學生愈講愈怒：

「照照鏡子吧。你這人如果沒有六十歲，應該也有五十歲了吧？比我還大上幾輪，竟自稱是我的孫子，豈不笑掉人大牙？」

其實，田百壽今年只有四十來歲。

但他的相貌未老先衰，立姿又總駝著背，才會被女學生多誤認了好幾歲，吃了悶虧。

他認栽道：「不是這樣的。雖然我已經五十歲，比現在的妳還大上幾輪，但真的是妳的孫子。因為，我是從未來的世界來的。」

「未來的世界？」

女學生聞言，轉怒為驚。

「是的，我是從八十年後的世界來的。」

為了救人，田百壽只好在愛因斯坦廣義相對論的靈感下，天馬行空起來。

「……八十年後？」

「也就是說，從現在起三十年後，我才會出生。所以，我的實際年齡是比妳小上許多的。」

「……我有沒有聽錯啊？三十年後才會出生的你，是怎麼出現在這裡的呀？」

我的工作是用數學的方法，在紙上或是信封的背後推導出人能夠回到過去的結果。至於以實驗證明，那並不是我的工作。

「我的工作，是研發時光機器。」田百壽繼續虛構道：「我是坐時光機器，從八十年後來到這個時代的。」

「……時光機器？那是什麼東西啊？」

「……長長的，像是交通工具一樣的東西，可以從一個時代到另一個時代，就像車子可以從一個地點到另一個地點一樣。」

「有這種東西？」

「這個時代當然還沒有。但到了八十年後，就會被我給研發出來了。」

「被你？」

「因為我是我們那個時代裡，最出類拔萃的物理學家。」

被田百壽講得活龍活現，像真的一樣。

女學生半信半疑：「所以，我以後會有兒子，還會有你這個孫子？」

「可不是？妳現在如果尋死，妳的兒子，就是我的父親也會跟著消失；而妳的孫子，就是我，也會跟著消失。」

「……消失？」

「妳忍心讓妳的血脈，就這樣斷續掉嗎？」

「我不懂。你不是人就站在這樹下嗎？為什麼我一死，你就會跟著消失？」

「妳一死，原本會降臨在這世上的我們父子是不是就無法出生了？既然無法出生，就只能從世上消失了。」田百壽言之鑿鑿：「因此，妳的死牽一髮而動全局，不僅會干擾妳的未來，也會攪亂我們父子的歷史。」

「……」

田百壽的話，應該是遠遠超出女學生的常識範圍了，讓她無言以對。

「……妳都聽進去了嗎？」

「你方才說，你是怎麼來的？」

「坐時光機器來的。」

「時光機器，是一種長長的交通工具？」

「嗯……算是……」

「你方才說，你是從什麼……時代來的？」
「……九，不，八十年後。」
田百壽從露餡的邊緣回神。
「八十年後的中國是什麼樣子？」女學生問：「還有戰亂嗎？還繼續被別的國家欺凌嗎？」
田百壽面朝遠方，勾勒出在他心中的遠景。
「沒有了。八十年後的中國一片祥和、歌舞昇平。」他說：「而且，富強到沒有任何一個國家，敢再欺凌我們啦。」
「那就好。那八十年後的我……」
八十年後，女學生就滿百歲了。
田百壽不信她能活那麼久，便搶白說：「恕我不敬。八十年後，妳已經不健在了。」
「……不健在了嗎？」
「是的。」
「人終究……還是難逃一死啊。」
女學生垂頭喪志。田百壽怕她死意復燃，忙鼓勵道：「但妳畢竟還是得享高壽，而且兒孫滿堂呢。要是妳現在尋死，這一切就都成泡影了。」
女學生眨動著眼睫毛，問田百壽：「……可是，我有一事不明。」
「妳說吧。」
「你，為什麼不安安份份地待在你那個一片祥和、歌舞昇平的時代呢？你坐時光機器，跑來我們這個時代受罪幹麼？」

好問題。

田百壽見招拆招、走一步算一步：「我……我不是來長住的，只是來這個時代晃一下，就要回去了……」

「趕路嗎？你來這個時代做什麼呢？」

「我來……」田百壽理直氣壯：「來阻止妳尋死的呀。」

女學生大驚失色。

「你橫亙了八十年的光陰，就只是為了來阻止我尋死？」她又問：「你又是怎麼知道，我會在這裡尋死呢？」

田百壽胡謅道：「那是五十年後，妳臨終之際告訴過我的。」

「……是我告訴你的？」

「是的。妳臨終之際告訴過我，妳大學時尋死而被我給救回來的這段往事。」

「是……是我告訴你的？」

「所以，是妳囑咐我研發出時光機器，並且要如期回到這個時代來救妳。這樣，妳的記憶也好、家族的歷史也好，才能夠無懈可擊、滴水不漏。這箇中的奧妙，妳能夠體悟嗎？」

「我……」

看女學生那費疑猜的樣子，似乎是強人所難。

「要我來救妳的人，就是五十年後的妳自己。反正，為了我們祖孫三代的生死存亡，妳就行行好，速速從樹上下來吧！」

「這……」

「是妳要我來救妳的。妳就下來吧、下來吧、下來吧……」

9

田百壽把喉嚨都快喊破了，女學生這才慢條斯理地，將圓圈從她的頸項周圍取下。再鬆解圓圈，攀著樹幹，跳下樹來。

千鈞一髮，她的性命是保住了。然而她新生後的初試啼聲，就是扔來一記教田百壽猝不及防的燙手山芋。

「有件事，我還是很掛心。你初來乍到這個時代，人生地不熟，是如何找到我的？」她屈膝穿好鞋後，挺直了腰桿，這麼問田百壽道。

「我……」

近身一瞧，短髮清湯掛面的她眉眼長得非常清秀，讓田百壽砰然心動。

「要從茫茫的人海中找到我，就像在汪洋中撈針一樣艱難。」女學生疑神疑鬼：「你的眼睛又不大，怎麼可能那麼利呢？」

田百壽臨機應變。

「這個……我有看過妳從前的照片呀。」

「憑老照片認人的嗎？」

「而且，我們祖孫倆的五官，不就像是用同一個模子刻出來的嗎？」

「有嗎？我怎麼不覺得？」

夜長夢多。再這麼耗下去，如果被女學生問倒的話……

譬如，要田百壽答出她的閨名為何。

你既然真是我的孫子，就不可能不知道吧。

一問，田百壽可就要破功了。

為速戰速決，他從大衣的口袋裡，亮出他的壓箱寶來。

那是一支由純金鑄成的纖細髮簪，頭部尖尖的，底部刻有「Monique L.」的外文字樣。

「這行字是什麼意思呀？」

今年十月，當他在上海的某間當鋪裡這樣問店員時，一臉青澀樣的店員也說不出個所以然來。

「八成是租界裡的哪個洋人缺錢，才會拿來典當的吧？」

「你是店員，怎麼會不曉得這東西的來源呢？」

「阿拉又不是每天都來這裡上班。」店員說：「每一樣東西的來源，還是得問老闆才知道。」

「老闆今天會來嗎？」

「不會，他出城去了。」

那間當鋪的名聲不太好。聽流言說，東西的品質良莠不齊外，為黑道銷贓的生意，老闆也接。好處是講起價來，比其他的同業要有彈性些。

這也就是田百壽進來這裡碰碰運氣的原因。他是銜主管之命，要來買禮物送給外國客戶的夫人的。但主管三令五申，要他禮物既買得貴氣，又別花公司太多錢；既要馬兒好，又要馬兒少吃點草。

若非如此，這間蓋在巷尾的破當鋪也不會雀屏中選。

「你們這裡有什麼，是可以討年長女性歡心的？」

「年長的女性嗎？」

店員拿出好幾箱飾品來，供田百壽挑選。

田百壽一眼，就相中了這支風格獨具的金髮簪。既然東西的來源不清，店裡又沒大人在。此時不趁虛而入，更待何時？

半小時後，田百壽成功地以他自認划算的價格，買走了這支金髮簪。

且說這精細的做工與質地，送這髮簪出去，定能送到收禮者的心坎裡。但是，禮都還沒包呢，那位外國客戶的夫人就因故回國了。

當田百壽想把金髮簪退還給當鋪時，就接到了去南京赴任的人事命令。退還的事，只能順延到回滬之後了。

現在他起心動念，決定將這支金髮簪交到女學生的手上。

女學生接下後，又驚又喜：「這是什麼？要給我的？」

「不是給妳，而是要還妳。」田百壽說：「這髮簪本來就是妳的。」

「……本來就是我的？」

「是五十年後妳臨終之際，交給我的。」

「這是我給你的？」女學生把玩著金髮簪，愛不釋手。

「我現在將它還給妳，請妳記得要在臨終之際，交給妳的孫子，也就是小時候的我。」田百壽童心大發：「好讓我長大後，可以回到這個時代還給妳……」

「……哇，好像在繞口令似的。」

「今天的事，是我們祖孫的祕密，妳可不能隨意對外人說出去喔。」

「……喔。」

「不能隨意對外人說出去喔！」

要是說出去，田百壽「穿越時空」的善意謊言，就有可能會被戳破了。

「……我不會說出去的。」

不會就好。

這也算是月底田百壽奉調回上海前，所做的功德一件了。

女學生點點頭後，又「呀」了一聲。

田百壽問：「又怎麼啦？」

「今天要尋死的，不止我一個人。」

「不止妳？」

「還有一位，與我講好要共赴黃泉的同學，現在應該……」

「還有一位啊？」田百壽拍了拍額頭：「她也是今天中午被『他們』擄走的學生？」

「對。她的名字是……」

「別提名字了。她尋死的地點，是在……？」

「……她要投湖自盡。」

「投湖？投哪個湖？」田百壽在腦中翻著南京地圖：「離妳們學校最近的是……玄武湖？」

女學生點頭。

「妳說她現在應該……？」

「她現在應該，快走到玄武湖那邊了。」

「快走到啦？」

「你也要去救她嗎？」

「我如果不去救她，還是人嗎？好啦。妳快回教室上課去吧！」

田百壽邊說，邊在心裡推演著沙盤：

「如果，那位要投湖的女學生也死意甚堅，就用同一招來勸她……」

死不得！因為我是從八十年後的世界，坐時光機器來這個時代救妳的孫子……

應該也能見效吧。

抱著床單與衣物臨去前，女學生給了田百壽一個慧黠的表情，說：「我可以再你問一件事嗎？」

「什麼事呢？」

「是關於未來的事。」

「……未來呀？」田百壽戰戰兢兢。

「未來，在你的心中，我是怎麼樣的一位祖母呀？」女學生微笑：「你可以提早讓我知道嗎？」

她是怎麼樣的一位祖母呀？

只見，她清秀的眉眼在向田百壽殷殷企盼著。有道是送佛要送到西，好人就得做到底。

這應該也會是她親生孫子的心聲吧。於是，田百壽誠心誠意，朗聲說道：「妳呢，是我最忠實的守護者與避風港，是我永遠可以信賴與倚靠的對象。」

物理學家的札記（之四）

F

十年前，北京的清華大學物理系以更優渥的新資與工作條件，將我從Caltech挖角了過去。表面上看來，去國數十載後，我也加入了「海歸派」，為建設祖國貢獻一己之力。但與此同時，我並沒敢忘卻自己的初衷。

沒敢忘卻自己允諾祖母的遺願，想方設法回到她大學時代去拯救她的初衷。

於是，我網羅了一流的人才，組成陣容堅強的研究團隊。為了禮遇我，學校還撥出了一間專用的實驗室，讓我可以免受無謂的干擾，鎮日在裡頭孜孜不倦地工作。

上個月的十七日那天下午，我的研究終於有了「攻關」式的突破性進展。

依循我的計算結果所設計出來的時光機器裝置，那個時間的封閉循環，曾有效運轉了半分鐘。我在這半分鐘內，不著痕跡地將一枝原子筆成功送到了過去的時間裡。

先是無生命體，再來是生命體。估計以我的研究進度，短則一年、長則兩至三年，我就能在我的時光機器裝置裡開始進行人體實驗了。

離允諾祖母遺願的那一天愈來愈近。夜裡，我常興奮地睡不著覺。

當見到大學時代的祖母時，開場白該說些什麼，我已經在腦中演練過數千遍，不，數萬遍了。該做些什麼，我也都反覆練習過啦。萬事俱備，只欠東風……

然而，一場視頻，竟將我既定的步調全盤打亂，令我始料未及。

就在我即將到台灣參加華人相對論雙年會的一個星期前，我在家中的書房裡與Caltech的莊大猷教授，進行了一場視頻。

說到底，這場視頻還是我主動提出來的。

由於研究工作已經佔去了我一天中的主要時間，所以我很少有空與其他同行交流，但莊教授在學術上實在是太耀眼了，耀眼到連我都不能不被他的光芒所震懾。

早先，我們已經互通了好幾年的電郵，對彼此都有一定的熟稔度。來自台灣的他也是Caltech的校友，不過是在我畢業的那一年入學的，而他讀博期間，我都在另一所大學裡任教，所以我們求學時從沒在Caltech的校園裡遭逢過。

如今，我離我的研究終點僅剩數步之遙了，而他呢？

很想與這號人物在網上交個手。我在寄給他的電郵中表明我的構想後，他立馬贊同。

到了約好的日期，我在下午兩點鐘開了視頻，他美西那邊的時刻則是晚上十點鐘，這是我們雙方都能勻出的時間。

「Hello，葛教授……」

筆記本電腦屏幕上的莊大猷兩頰清瘦而顴骨高突，瞳孔閃閃發亮。

我也向他招了招手，慣語道：「尊敬的莊教授……」

他忍俊不住，笑說：「葛教授，就你我兩個人在，這些繁文縟節，你就免了吧？」

一問之下，我轉到Caltech任教時，他正好從Caltech畢業，到伊利諾大學厄巴納－香檳分校做了三年

「博士後」——台灣叫做「博士後研究」，然後取得正式教職。

當我被清華挖角回國，前腳才離開Caltech時，他後腳就被Caltech聘任去了。

就這樣，我們一再在Caltech的學業與職業路上擦身而過。光是Caltech的話題，就夠我們聊上個把鐘頭。

未婚，則是我們的另一個共通點。

我身邊還有一位紅粉知己「小馬」馬知雲。不曉得莊大猷的身邊，有沒有類似的伴侶。

我沒問這個，倒問了他名字的由來。

「你知道吳大猷嗎？他是民初北京大學物理學系的教授，諾貝爾獎得主楊振寧與李政道的老師，台灣中央研究院的院長。」他爽快地答道：「我的家人一心盼望我成為一位科學家，所以就為我借用了吳大猷的名字。」

「你的家人？」

「是的。」

「是哪一位家人？你的父親？母親？」

他搖搖頭。

「其實，是我父親的母親。」

「你父親的母親？所以，你的名字是你祖母取的？」

「是呀，連我所選擇的研究領域，也是受到她的啟發。」

「哦？她是怎麼啟發你的？」

突然，莊大猷好像說溜嘴似地退縮了起來。

「其實，也沒什麼啦……」
「要你研發時光機器，來趟時空旅行，全是她的主意？」
「這個嘛……」
「她巴望你能作古往今來，穿梭在過去與未來之間的第一人？」
「這個……」
我突發奇想，試探道：
「還是，她只是要你回到過去？」
「咦？」
我再試探道：
「她要你回到過去，好……與她重逢？」
我永遠忘不了那一刻莊大猷在屏幕上的表情。那是結結實實，被人贓俱獲時的表情。
「你……你怎麼會這麼說？」
「哈哈，我瞎猜的，你可別當真啊……」
雖然嘴上這麼說，但我心裡有數。
莊大猷面無血色。連他的上下嘴唇，在屏幕上都是慘白的。
「我祖母說，她曾被我從生死邊緣救了回來。」
「……救了回來？被你？」
「而且，是在我尚未出生的時候。」
「What？」

「那是對日抗戰初期，她在南京就讀金陵女子文理學院的年代。」他好像溺水的人般，大口大口吸著空氣說：「一九……一九三七年。」

「……一九三七年？」

「一九三七年十二月份。因此，為了滿足既成事實的因果關係，我非研發出時空機器，回去救她不可。要不然她的後代，包括我在內，就無法繼續存在了……」

怎麼我愈聽，愈有似曾相識的感覺？

這是怎麼一回事啊？

「……你的祖母怎麼知道，救她的不是別人，而就是你呢？」

「她說，是我在救她的當下，親口告訴她的；救她的人就是我，不會錯的。」

我瞥了瞥在屏幕下方的子屏幕中，我自己那面無血色、連上下嘴唇也都是慘白的臉。

接著，莊大猷乾咳兩聲，皮笑肉不笑道：「哈哈、哈哈……」

「……莊教授？」

「葛教授，唬住你了吧？其實，剛剛那番話都是假的，全是我編造出來的故事啦。哈哈、哈哈……」

「……」

鬼才相信呢。

如果是他編造出來的，怎麼可能會和祖母臨終前告訴我的祕密，口徑全然一致？他們是什麼時候套好招的啊？

機率也太低了吧？

唯一的解釋就是，那是發生在他祖母身上的事實。

或者應該這麼說。那是除了發生在我祖母身上外，也發生在他祖母身上的事實。

G

結束視頻後，我在書房的椅子上，呆坐了有一個世紀那麼漫長。

……What the hell？？

「女大學生被來自未來的孫子所救」，這項祖母一生的大祕密，竟在莊大猷的祖母身上鬧了雙胞？

活見鬼了嗎？

怎麼想，祖母都不可能是在騙我；而莊大猷呢，也毋需編造出這種故事來。

如果說，回到一九三七年十二月去拯救祖母的人是我，那麼同一時間也救了莊大猷的祖母的，會是誰呢？

也是我嗎？

是我救了祖母後，做個順水人情，也救了莊大猷的祖母嗎？然後騙她說，我也是她來自未來的孫子？

我到處冒人家孫的名，認那麼多祖母幹啥？還是……

其實成功回到一九三七年十二月的人不是我，而是莊大猷呢？

他救了他祖母後，做個順水人情，也救了我祖母？然後騙祖母說，他也是她來自未來的孫子？

如果是這樣，讓我最親愛的祖母誤會了一輩子，那就太可惡了。

不，不，不會是這樣的……

我有祖母留給我的金髮簪為證。她臨終前曾告訴過我，那支金髮簪是在我救她時，親手送給她的。而在視頻中，莊大猷可沒提到他祖母留有什麼他救她時送出的東西給他。光是這一支金髮簪，就能在我與莊大猷之間，分出勝負啦。

可是，好像又不是如此……

即使是以金髮簪的有無見真章，也不能肯定當年親手將金髮簪送給祖母的人，一定就是我。

「那麼，當時您看我的樣子，像是幾歲的人呢？」

我曾問過祖母這個問題，而她的回答是：「像個……五十歲的中年人。」

她臨終時，我才只是個中學生，容貌離一位五十歲的中年人相去甚遠。

倒過來講，就因為與中學生的容貌相去甚遠，所以一位五十歲的中年人想要假冒成哪一個中學生未來的身分，都還有魚目混珠的餘地。

亦即……

如果回到一九三七年十二月的人是五十歲時的莊大猷，僅憑我中學時的容貌，尚不足以讓臨終時的祖母區別得出，與那位五十歲時的莊大猷並不是同一個人。

我愈想，就愈膽戰心驚。

假如那支祖母珍藏了半世紀的金髮簪，其實是莊大猷回到過去，冒用我的身分而送給她的呢？

那樣豈不是讓我祖母死不瞑目嗎？

不行、不行，我不許有這種事情發生。要防堵莊大猷回到過去，最萬無一失的做法……

萬無一失的做法，就是殺掉他，讓他從這個世界上消失。

然而，只殺他一人還不夠。今天的視頻帶給我的啟示是：不要以為祖母的祕密只此一家、別無分號。

倘若「女大學生被來自未來的孫子所救」不止是鬧出雙胞來，還鬧出三胞、四胞來呢？

那該如何是好？

因此，唯有將所有以相對論為研究基礎、有可能研發出時光機器的華人科學家通通鏟除、一個活口都不留，才能一勞永逸，不是嗎？

研發出人類有史以來第一部的時光機器，以回到過去拯救我的祖母，這是只屬於我葛衛東一個人的權利！

只屬於我一個人的權利！任何人，都不准專美於前！

說時遲、那時快。一個星期後的華人相對論雙年會，那場「眾星雲集」的雙年會，不正是一勞永逸的天賜良機嗎？

H

赴台前我用心良苦，以層層加密後的IP address，試圖網購八十年前在中國戰場上被施用過的「芥子毒氣」，塑造出一股一九三七年祖母獲救前後的時代氛圍。

網絡上無奇不有，還真給我買到了。

不過，這種東西斷不可能讓我帶得上飛機。所以，我又多付了一筆高昂的費用，和賣方預定於十二月十一日下午四點半，在我屆時將拜會的台灣鳴智大學後門當面交貨。

我還想再多買一件那個年代的女性服飾，到時候丟在雙年會的會場裡混淆視聽，以誤導台灣警方。不過我在電腦屏幕上逛來逛去，最後只買到了一件西方女人穿的淺色排扣上衣。

就像我在前幾頁的札記中寫過的，搭機當日上午，我先去墓園向祖母辭行，又是磕頭、又是上香鞠躬地。

「我向您發誓，此行一定會掃除掉所有的『障礙』，研發出時光機器回去救您的……」

梳著包頭的祖母在容器上的照片中抿著嘴唇，眼神慈藹祥和，似乎顯得心滿意足。

十二月十二日，下午六點鐘，莊大猷依約來到我在台北艾德華豪舍飯店住的房間裡找我。

與這名我急欲除之而後快的不散陰魂共處一室時，我心生不出憐憫之情，只盼後天的雙年會快快來臨，好將昨天剛入手的芥子毒氣派上用場，了我一樁心頭大事。

不曉得是不是我多心，總覺得在房內互道家常的同時，莊大猷的眼神似乎也閃過幾抹異色。

在他心中所想的，莫非與我是同一個念頭？

但是，我並沒有對他露出過什麼破綻。所以，應該還不至於吧。

獨獨需要憂心的是，中途我在洗手間裡蹲大號而放他一人在洗手間外的時間有點久，加起來都快要十分鐘了吧。趁著我出來後他也去上洗手間的時機，我匆忙趕寫了這部分的札記，並檢查了一下房內的行李，看看他是否有搞什麼鬼。

芥子毒氣還在、淺色排扣上衣還在，祖母的傳家寶，那支刻有Monique L.字樣的金髮簪也沒有佚失，看來是我多心了。

……除非，他偷翻過我這本黑皮的札記。

然而，我的肚子又不太對勁了。久未運動的我，游泳兼健身了整個下午後，身體反而吃不消而屢發警訊。

我敲著洗手間的門，向還在裡面的莊大猷細道原委。

「……所以莊教授，離開房間前，我勢必得再進洗手間去拉一回了。」

「沒有問題、沒有問題，我馬上就出來。」門內響徹他高亢的應答聲：「對啦，葛教授，為了彌補相見恨晚的缺憾，待我們用完餐後，再去一樓的酒吧裡盡情暢飲一番。你看怎麼樣？」

怎麼樣？

我欣然同意。

THE END

參考資料

拉貝，托馬斯（Thomas Rabe）編（2009），《約翰・拉貝畫傳》。江蘇：江蘇人民出版社。

拉貝，約翰（John Rabe）（2009），《拉貝日記》。江蘇：江蘇人民出版社。

馬雷特（Ronald Mallett）、韓德森（Bruce Henderson）著，陳可崗譯（2008），《時光旅人》。台北：天下文化。

戴維斯，保羅（Paul Davis）著，郭兆林譯（2004），《如何建造時光機》。台北：大塊文化。

羅拉（Géraldine Lenain）著，卞婉鈺譯（2013），《盧芹齋傳》。香港：新世紀出版社。

【後記】

出身島田獎、得獎作《我是漫畫大王》卻與獎項宗旨的「二十一世紀本格推理」標準有段差距。這樣的事實，多年來一直令我惶惶不安。

得獎後，無論是身在日本或是身在台灣，每當我有機會面對島田莊司先生時，一股說不出的尷尬總油然而生。因此，雖然「時空旅行」早就已經不是什麼前無古人、遲至二十一世紀才橫空出世的科學新知了，但本作《時空犯》確實是在前述不安與尷尬的驅策下所做的初步而粗淺的嘗試，也就是在科學技術主題的基礎上透過邏輯與理性的手法，解開乍看下似乎有些神秘而玄幻的謎團。

本作也堪稱是我閒暇在科普、歷史與傳記等好幾個領域（詳見參考資料）閱讀所得的彙整。然而，最大的故事靈感還是源於我自己的祖母。儘管我並非她唯一的孫子，但很幸運也很有福氣的是，在整個童年時期我卻幾乎能獨享她毫無保留的溺愛；如果不是她，我那段日子的生命必定會是黑白而非色彩繽紛的。針對她獨厚於我的箇中原因的諸般臆測（或者應該說是胡思亂想），進而構成了推動本作重要情節的謎底。再者，書中多線敘事的繁複架構，事後看來好像也有其必要性。

本作脫稿於二零一六年下半年。最後終能出版成書，除了最要感激編輯喬齊安以及在書首推薦的秀霖、余海峯博士、歐小幻、東燁四位名家之外，來自日本的立原透耶、吉田熊貓、阿井幸作與松川良宏等先生／小姐迄今的幫助、鼓勵與建議，也是不能不提的。

最後，誠懇地希望本作能夠獲得讀者的喜愛與支持。

胡杰

要推理48　PG1863

要有光 FIAT LUX　時空犯

作　　者	胡　杰
責任編輯	喬齊安
圖文排版	周妤靜
封面設計	楊廣榕

出版策劃	要有光
發 行 人	宋政坤
法律顧問	毛國樑　律師
印製發行	秀威資訊科技股份有限公司 114台北市內湖區瑞光路76巷65號1樓 電話：+886-2-2796-3638　傳真：+886-2-2796-1377 http://www.showwe.com.tw
劃撥帳號	19563868　戶名：秀威資訊科技股份有限公司 讀者服務信箱：service@showwe.com.tw
展售門市	國家書店（松江門市） 104台北市中山區松江路209號1樓 電話：+886-2-2518-0207　傳真：+886-2-2518-0778
網路訂購	秀威網路書店：https://store.showwe.tw 國家網路書店：https://www.govbooks.com.tw
總 經 銷	聯合發行股份有限公司 231新北市新店區寶橋路235巷6弄6號4F 電話：+886-2-2917-8022　傳真：+886-2-2915-6275

出版日期	2018年3月　BOD一版
定　　價	330元

國家圖書館出版品預行編目

時空犯 / 胡杰著. -- 一版. -- 臺北市 : 要有光,
2018.03
面 ;　公分. -- (要推理 ; 48)
BOD版
ISBN 978-986-96013-3-7(平裝)

857.81　　107001171

讀者回函卡

感謝您購買本書，為提升服務品質，請填妥以下資料，將讀者回函卡直接寄回或傳真本公司，收到您的寶貴意見後，我們會收藏記錄及檢討，謝謝！

如您需要了解本公司最新出版書目、購書優惠或企劃活動，歡迎您上網查詢或下載相關資料：http:// www.showwe.com.tw

您購買的書名：________________________

出生日期：________年________月________日

學歷：□高中（含）以下　□大專　□研究所（含）以上

職業：□製造業　□金融業　□資訊業　□軍警　□傳播業　□自由業

□服務業　□公務員　□教職　□學生　□家管　□其它________

購書地點：□網路書店　□實體書店　□書展　□郵購　□贈閱　□其他

您從何得知本書的消息？

□網路書店　□實體書店　□網路搜尋　□電子報　□書訊　□雜誌

□傳播媒體　□親友推薦　□網站推薦　□部落格　□其他________

您對本書的評價：（請填代號　1.非常滿意　2.滿意　3.尚可　4.再改進）

封面設計____　版面編排____　內容____　文／譯筆____　價格____

讀完書後您覺得：

□很有收穫　□有收穫　□收穫不多　□沒收穫

對我們的建議：________________________

____

____

____

請貼
郵票

11466
台北市內湖區瑞光路 76 巷 65 號 1 樓

秀威資訊科技股份有限公司　　收

BOD 數位出版事業部

（請沿線對折寄回，謝謝！）

姓　　名：＿＿＿＿＿＿＿＿＿＿　年齡：＿＿＿＿　性別：□女　□男

郵遞區號：□□□□□

地　　址：＿＿＿＿＿＿＿＿＿＿＿＿＿＿＿＿＿＿＿＿＿＿

聯絡電話：(日)＿＿＿＿＿＿＿＿＿＿(夜)＿＿＿＿＿＿＿＿＿＿

E-mail：＿＿＿＿＿＿＿＿＿＿＿＿＿＿＿＿＿＿＿＿＿＿